JN061038

初瀬句集

はつせ

付 連歌・和歌・御詠歌

清水 宥聖 ✣編
SHIMIZU Yūshō

青史出版

目　次

俳句

1 長谷寺より所望の発句に

初瀬（はつせ）山夕声（ゆふごゑ）洩（も）らせ時鳥（ほとゝぎす）　行助

2 北畠大納言、于時宰相、長谷寺にて
余花十を題にて侍りし千句に

郭公（ほとゝぎす）花も待（まち）ける太山（みやま）かな　専順

3 はつせにての会に

あきや露八しほのをかのわか楓　宗祇

4 はつせにまうてける時横田坊にての会に

行はるや花せきおとすハつせ河　肖柏

5 泊瀬山にやとりて

二本のすきかてにせよほとゝきす　同

6 長谷寺にはなの比まかりて

ちらば花尾上の鐘の夕かな　宋長

7 山やちる折て行かふ花もなし　同

1竹林抄
行助＝応永12年（一四〇五）〜応仁3年（一四六九）3月25日。

2竹林抄
専順＝応永18年（一四一一）〜文明8年（一四七六）3月20日。

3〜5発句帳
宗祇＝応永28年（一四二一）〜文亀2年（一五〇二）7月30日。
肖柏＝嘉吉3年（一四四三）〜大永7年（一五二七）4月4日。

6・7壁草
宗長＝文安5年（一四四八）〜享禄5年（一五三二）3月6日。

長谷寺

8　花さかり風もよそけのゆうへかな　昌休

初瀬参籠の人所望

9　なミは花おらはや涼し初瀬川　同

はつせにて

10　はつせ河はなのなかれて水もなし　玄仍

11　火桜ははせ六代の薪(たきぎ)かな　宗釺

12　火をともす花や萬燈はつせ寺　徳窓

13　南枝花(なんしばな)はつせに咲(さく)や大日影(おほひかげ)　広寧（京）

14　吉野はつ(初)瀬是(これ)や景(系)図の家桜(いへざくら)　有次（天満）

15　うかりけり人をはつ(初)せ瀬の花見(み)酒　光次

16　田舎にも花の都や長谷吉野　光永

17　年とりに人やこもりくの初瀬寺　政好（正好トモ）

18　花見せん初瀬は遠し難波寺　宜休

19　半月(はんげつ)や実蜑小舟(げにあまをぶね)初瀬川(はつせがは)　意朔（大坂）

8・9発句帳
昌休＝永正７年（一五一〇）～天文21年（一五五二）11月５日。

10発句帳
玄仍＝元亀２年（一五七一）？～慶長12年（一六〇七）４月21日。

11崑山集

12玉海集

13・14『ゆめみ草』

15境海草

16思出草

17大和巡礼

18難波寺

19続境海草

20　長谷寺十万句に
うつかりと人や初瀬の花ざかり　小谷立静

21　長谷寺千句に
郭公(ほととぎす)ほぞんをかくて御堂(みだう)かな　重信（境）

22　時や今夏(げ)に籠人(こもりど)の初瀬寺(はつせでら)　俊佐（大坂）

23　初瀬にて
夏籠(なつごも)る寺やふだらく(補陀落)千部経　同

24　初瀬の花見にまかりし時東海氏正頼のぬし其外相しれる人侍りて御堂の舞臺に物しかせ月あかきよもすがら酒たうへて
かくらくな花見はあらし初瀬山　貞室

25　連歌師か芳野初瀬は花の下(もと)　一貞

26　いかりける人よ初瀬の花の番　岨山高故

27　長谷寺十万句に
大悲者(だいひしゃ)に異事(ことごと)めでし雪仏　顕成（境南氏）

28　せかせけり人を初瀬のをそ桜　三保

20時勢粧
21〜23続境海草
23続境海草
24玉海集
貞室＝慶長15年（一六一〇）〜寛文13年（一六七三）。
25貞徳俳諧記
26時勢粧
顕成＝寛永12年（一六三五）〜延宝4年（一六七六）4月10日。
27続境海草
28到来集

29　歌と詩や言葉の花の初瀬吉野　重尚

30　茶の花や在郷寺(ざいがうでら)の初瀬山　調子

31　吉野初瀬青妙(あをたへ)成らん衣がへ　調鶴

32　虫干や吉野初瀬(よしのはつせ)を二度の雲　鉄丸

33　堂鳩(だうばと)をふくや泊瀬(はつせ)の山颪(やまおろし)　同

34　酒めしや吉野はつせ(初瀬)の花の種　竹勢

35　初瀬路や爰なら藤の玉かつら　勝政

初瀬にて

36　花や爰(ここ)でふだらくに見ん初瀬寺　重頼(維舟)

花　初瀬寺十万句

37　人は不知(いさ)こころいつぱい花見酒　同

38　花よ鐘の余所にてもあゝ初瀬山　同

39　花にもどる時しらぬ山や長谷よし野　同

時鳥　初瀬寺十万句

29貞徳俳諧記

30～33誹諧坂東太郎

34江戸蛇之鮓

35大夫桜

36犬子集
重頼（維舟）＝慶長7年（一六〇二）～延宝8年（一六八〇）6月29日

37～40時勢粧

40 二本にほとゝぎす椙(すぎ)よま一声　同

41 風や笑ふよし野泊瀬の下涼み　友孝

42 うたれける人や初瀬の花の幕　以仙

43 小泊瀬や眼鏡も餘所の霞かな　宗因

44 こがれきや澪(みほ)木の枝折はせ小舟　蒼席

45 はせ[注]の地をいかにおしまん仏の日　露宿

初瀬にて

46 白雲を押上てゐる若葉かな　緩駕

47 犬どし(年)よ小初瀬遠し明(あけ)の六つ　歳人

48 観音の尾の上のさくら咲きにけり　俊似

三輪

49 泊瀬女を夜な〳〵送る蚊遣哉　粛山

初瀬

50 足駄はく僧も見えたり花の雨　杜国

初瀬にまうづとて

51 空大豆(そらまめ)の花に初瀬の道もなし　句空

41東日記

42松葉俳林
以仙＝慶長10年（一六〇五）～？

43梅翁宗因発句集
宗因＝慶長10年（一六〇五）～天和２年（一六八二）３月28日。

44・45虚栗。注・「はせ」は「鴬」と「長谷」をかける。

46野梅

47大坂辰歳旦惣寄

48曠野

49花摘

50笈の小文
杜国＝？～元禄３年（一六九〇）３月20日。

51夘辰集
句空＝？～正徳２年（一七一二）

52 はせ（長谷）籠（こも）リ夜の錦やわかし酒　横几

53 二もとの杉や根ばかり葛の色　亀翁

54 此（この）紅葉書（かき）残しけり長谷の絵図　尺艸

55 紅葉から初瀬の下（し）モやそばの花　松翁

初瀬にて人々花見けるに

56 うかれける人やはつ瀬の山ざくら　芭蕉

初瀬

57 春の夜や籠り人ゆかし堂の隅　同

58 春の夜は桜に明けてしまひけり　同

59 花咲ば初瀬の寺も在家らし　季毛

60 長谷の月杉すりくの朧哉　子珊

61 年も経ぬ見とれ初瀬の山桜　定之

62 銘をきらば花のこだちも初瀬哉　梅盛

初瀬のやまに順礼あまたやすらひけるに

63 此（この）なまり（訛）さくらばかりの知（しる）人や　顧水

52〜55句兄弟

56続山井
芭蕉＝正保元年（一六四四）〜元禄7年（一六九四）10月12日

57笈の小文

58蕉翁句集

59伊達衣

60続別座敷
子珊＝?〜元禄12年（一六九九）1月10日。

61・62崑山集
定之＝慶安4年（一六五一）〜元禄13年（一七〇〇）。
梅盛＝元和5年（一六一九）〜元禄15年（一七〇二）。

63二葉集

64 藤の棚下にかくらくの初瀬哉　幾音

巡礼のとき

65 笈弦(おひづる)に卯花さむしはつせ(初瀬)山　去来

巡禮のころ

66 卯の花に笈摺(おいずる)寒し初瀬山　同

67 小初瀬や花にくれゆく番袋　同

68 木からしや男に出立初瀬寺　素英

青嵐といふ題を

69 海棠(かいだう)や初瀬(はせ)の千部の真(ま)ッ盛(さかり)　李由

70 海松(みる)の香(か)に杉の嵐(あらし)や初瀬山　其角(晋子)

泊瀬にて

71 時鳥初瀬の榑(くれ)橋足駄がけ　同

大和路に女に物いひて

72 栬(もみぢ)見る公家の子達かはつせ山　同

73 泊瀬女に柿のしぶさを忍びけり　同

64大夫桜

65末若葉
去来＝慶安4年（一六五一）～宝永元年（一七〇四）9月10日。

66去来発句集

67続有磯海

68のほり鶴

69篇突
李由＝寛文2年（一六六二）～宝永2年（一七〇五）。

70五元集
其角（晋子）＝寛文元年（一六六一）～宝永4年（一七〇七）2月29日。

71焦尾琴

72～74五元集

74 雛くれぬ人を初瀬の桟敷哉　同

長谷越

75 山畑の芋ほるあとに伏猪哉　同

長谷寺の前にて

76 夢明(あけ)て浪のり舟や泊瀬寺　嵐雪

77 餡売の箱にさいたやゆりの花　同

78 春の夜はたれか初瀬(はつせ)の堂籠(だうごもり)　曾良

初瀬参籠

79 こもりくの千人講や山ざくら　千石

80 青葉かな起(おき)て舌(した)かく初瀬川　凡兆

81 菜の花はみなうこんなり初瀬寺　許六

初瀬山

82 宿からん花にくれなば貫之の　素堂

83 初秋や初瀬の寺の朝のさま　荷兮

古川辺

75五元集

76・77玄峰集
嵐雪＝承応3年（一六五四）～宝永4年（一七〇七）10月13日。

78猿蓑
曽良＝慶安2年（一六四九）～宝永7年（一七一〇）5月22日。

79金龍山

80荒小田
凡兆＝?～正徳4年（一七一四）。

81正風彦根躰
許六＝明暦2年（一六五六）8月14日～正徳5年（一七一五）8月256日。

82素堂句集
素堂＝寛永19年（一六四二）5月5日～享保元年（一七一六）8月15日。

83曠野後集
荷兮＝慶安元年（一六四八）～享保元年（一七一六）8月25日。

84 鶏頭の二もと立や杉の門　涼菟

長谷越にて

85 寒(さえ)かへる山路(やまぢ)やころり山椒味噌(さんしよみそ)　同

86 白壁もわか葉に澄むや泊瀬川　岩翁

冬の部

87 石蕗さくや引立襟の初瀬いぢり　手吹

朧月

88 うかりける初瀬の通夜や朧月　相夕

初瀬寺にて

89 塀越に花見る所化の天窗(アタマ)哉　木因

貫之の梅に

90 梅か香や慮外ながらも旅づかれ　園女

91 初瀬のすがた汲たびに秋　文足

玉鬘の下女三條、初瀬にて右近に逢うて

92 喰物にさもしこたへぬ汗の顔　問景

84俳諧名所小鏡
涼菟＝万治2年（一六五九）～享保2年（一七一七）4月28日。

85一幅半

86俳諧名所小鏡
岩翁＝？～享保7年（一七二二）6月8日。

87今のつき日

88・89蕉盥
木因＝正保3年（一六四六）～享保10年（一七二五）9月30日。

90菊の塵
園女＝寛文4年（一六六四）～享保11年（一七二六）4月20日。

91万国燕

92庭竈集

93 くるしさを屏風に祈る初瀬山　潤水

94 秋風や横から這入(はひ)る初瀬寺　孟遠

95 花の比は身もかなふたつ泊瀬吉野　正舎

初瀬に詣て、貫之の梅

96 此あたり気色の中やむめの花　土芳

正月六日、初瀬参詣

97 廊下行(ゆく)に笠にぬき持余寒(もつよかん)哉　同

98 朝かほや娘の杖の初瀬詣　尾谷

99 紙袍の枝へつかふ初瀬切レ　雪朝

100 宿を冬枕ことばや泊瀬山　露沾

101 吉野初瀬花や歌人の大煩　同

102 耳かねやはつ瀬も遠し暮の花　不知

103 心(しん)は寐ぬ右近が初瀬(はつせ)ほとゝぎす　六盌

初瀬のはなにもふで舞臺に膝ふしをふるふて

104 あぶながる所(とこ)まで見るや長谷(はせ)の花　不磷

93万国燕

94正風彦根躰

孟遠＝寛文9年（一六六九）～享保14年（一七二九）閏9月30日。

95細少石

96・97蓑虫庵集

土芳＝明暦3年（一六五七）～享保15年（一七三〇）1月18日。

98梨園

尾谷＝延宝6年（一六七八）～寛延元年（一七四八）11月3日。

99綾錦

100東日記

露沾＝明暦元年（一六五五）5月1日～享保18年（一七三三）9月14日。

101誹枕

102江戸新道

103かなあぶら

104一幅半

105 初瀬に旅寝して
小夜更て川音高きまくら哉　鬼貫

106 長谷水楼に遊びて
欄干を舟にゆするや蟬の声　乙由

107 初瀬天神奉納
尊さよ樹はなけれども雲のみね　同

108 初瀬にて
陽炎や里は疇(あぜ)ぬる化粧坂(けはいざか)　同

109 朝起の若葉のうへや初瀬七日　沾洲

110 初瀬の開帳にまうでて
月星のあまた尊し朝がすみ　怒風

111 初瀬の鐘よひ物近し冬籠　希因

112 先キもいのる歟初瀬で行合　中和

113 さくら咲(さき)初瀬詣の目に立(たた)ず　環山

114 春寒し泊瀬の廊下の足のうら　炭太祇

---

105 仏兄七久留万
鬼貫＝万治4年（一六六一）4月4日～元文3年（一七三八）8月2日。

106～108 麦林集
乙由＝延宝3年（一六七五）～元文4年（一七三九）8月18日。

109 誹諧家譜
沾洲＝寛文11年（一六七一）～寛保元年（一七四一）12月16日。

110 初便
怒風＝寛文3年（一六六三）～寛保3年（一七四三）。

111 俳諧古選
希因＝？～寛延3年（一七五〇）7月11日。

112・113 俳諧童の的

114 太祇句選
炭太祇＝宝永6年（一七〇九）～明和8年（一七七一）8月9日。

115 下闇の三輪も過けり泊瀬の町　召波
116 袷ももたせ初瀬で一炷　竿秋
117 三輪を出て初瀬に暮たる桜哉　渹求（京）（歌求）
118 さゝれ波わきてながるゝ泊瀬川　綾足
119 麦青しはつせまひりの笠ならふ　吾東

南都より紀の路へおもむく比、旅宿の吟

120 奈良初瀬めぐりて旅の魂まつり　樗良
121 榛をこほしてはやし初せ川　梅里

貫之梅

122 青梅やむかしの匂ふ花の跡　乙河
123 廻廊の灯を手つたふや夜の花　従吾
124 廻廊に花道付て曇けり　百川
125 頭巾着て声こもりくの初瀬法師　蕪村
126 草臥てねにかへる花のあるし哉　同
127 春雨に下駄買ふ初瀬の法師哉　同

---

115 春泥発句集
召波＝享保12年（一七二七）〜明和8年（一七七一）12月7日。
116 万国燕
竿秋＝元禄8年（一六九四）〜安永元年（一七七二）9月10日。
117 俳諧新選
118 とはじぐさ。この句は『万葉集』巻三三・柿本人麻呂の和歌の上の句のみを引用したものだが、今、ここに揚げておく。
綾足＝享保4年（一七一九）〜安永3年（一七七四）3月18日。
119 類題発句集
120 樗良発句集
樗良＝享保14年（一七二九）〜安永9年（一七八〇）11月16日。
121〜124 俳諧名所小鏡
百川＝元禄10年（一六九七）宝暦2年（一七五二）8月25日。
125 蕪村句集
126 隠口塚序
127 蕪村遺稿

128 春雨のとまれと降や初瀬の町　達三

泊瀬

129 六月の浮世わすれむ石畳　蓼太

130 憂旅や蚤の飛こむ汁の中　同

初瀬　苔の下水にて

131 水無月の水尋けり苔の下

千葉氏が老婆とともに芳野泊瀬の山踏を送る

132 先化府の西住は誰花の旅　同

初瀬

133 むかし誰被はねてや峯の花　同

初瀬山

134 いとゆふにひかるゝ縁やはせ詣　古友

大和の何来といふ人、はつせ山のかたはらに蕉翁の碑を封溝し、こもりく塚と号く。翁や生涯漂泊を恒とし、呉天に白髪の労をいとはず。片雲の風にしたがひとゞまる所を知らざるがごとし。

135 雲水の香をせきとめて花の塚　高井几董

128新雑談集
蕪村＝享保元年（一七一六）～天明３年（一七八三）12月25日。

129～133蓼太句集
蓼太＝享保３年（一七一八）～天明７年（一七八七）９月７日。

注・「先化」は「泉下」。泉下府＝冥界。

134そのしをり

135・136井華集
高井几董＝寛保元年（一七四一）～寛政元年（一七八九）10月23日。

初瀬にて

136 こもりくの蜂にさゝれないと桜　同

救世大士をおがミをはりて、勾欄（かうらん）に背なかをかしつゝ、寛なる東西をのぞむに、山おろしの風は午時の梵声（ぼんしやう）にひゞき、樹色雨をふくミて、僧房の書帙をおかす。錫のたちし処、鶴のとゞまりしところも遠きにあらず。かゝる不染の地なることを、初瀬の吟なり。

137 新樹深く大観音の嵐かな　白雄

郭公

138 蜀魂（ほととぎす）古巣は泊瀬かみよしのか　暁台

一夏

139 初瀬山一夏（いちげ）詩に病む僧あらん　同

蝉

140 初蝉や初瀬の雲のたえ間より　同

141 納豆たゝく音や初瀬の山颪（おろし）　木姿

---

137 誹諧寂栞　白雄＝元文3年（一七三八）8月20日～寛政3年（一七九一）9月13日。

138～140 暁台句集　暁台＝享保17年（一七三二）～寛政4年（一七九二）1月20日。

141 新類題

初瀬山

142 籠日や花をくゞりて夜もすがら　闌更

143 つむ雪になを籠り日と成にけり　馬瓢

144 夏木立初瀬らんもりと物深し　嘯山

凍

145 冴る霜もしもや鳴らば初瀬の鐘　同

蟬

146 棹さすや蟬啼つゞく初瀬川　同

年籠

147 美女ありと初瀬は是沙汰年籠　同

148 ころもかへ初瀬の里はまた寒し　莫之

149 あかつきや猫の戀するはつせ山　大江丸

150 美僧みる雪のあしたのはつせ山　同

151 ほとゝきす初瀬の鐘は人も撞　左雀

142・143 俳諧名所小鏡
闌更＝享保11年（一七二六）～寛政10年（一七九八）5月3日。
馬瓢＝享保17年（一七三二）～享和元年（一八〇一）7月17日。
144 俳諧新選
嘯　山＝享保3年（一七一八）3月25日～享和元年（一八〇一）4月14日。
145～147 葎亭句集
148 廿日月
149 俳懺悔
大江丸＝享保7年（一七二二）～文化2年（一八〇五）3月18日。
150 はいかい袋
151 菴犬集

初瀬にて

152 貫之の草のまくらぞうめの花　士郎

153 梅がゝやかたじけなくも宵月夜　同

初瀬

154 朝螺(あさぼら)貝の初瀬にこもる霞かな　同

155 年の泊瀬見てやよし野の花の春　同

156 みなこもる冬とてもなし初瀬の里　松窓乙二

157 若水も初瀬は花の流れかな　月居

文殊院の南のかたの庭もせに

158 曇るなよ今夜名残の空の月　無想

予が是まで鐫石せし発句所々にあり。ついでに出さん。初瀬山学寮以成に

159 日の影もふるか雲間の夏の雨　同

歓喜院の春日明神の宮の前に

160 百年のなかばも花のこゝろかな　同

152～154枇杷園句集
士郎＝寛保2年（一七四二）～文化9年（一八一二）5月16日。

155枇杷園句集後編

156松窓乙二発句集
松窓乙二＝宝暦5年（一七五五）～文政6年（一八二三）7月9日。

157仏教歳時記
月居＝宝暦6年（一七五六）～文政7年（一八二四）9月15日。

158～160連歌茶談別集
無想＝宝暦7年（一七五七）～文政8年（一八二五）11月3日。

長谷に年籠りして

161 われも今朝清僧の部なり梅の花　一茶

162 とそ酌むもわらぢながらの夜明哉　同

はつせ

163 貫之の梅よ附たり三かの月　同

164 うかりける妻をかむやらはつせ猫　同

165 三助が初瀬詣でや春の雨　同

166 山おろし泊瀬の木間を日傘　同

167 我春も上々吉ぞ梅の花　同

168 虫聞に一夜明さんはつ瀬やと　環洲

169 雁のなけこゝは初瀬の村はつれ　愚哉

170 妻つれて参りぬ花の初瀬寺　錦浦

豊山第五十六世上野僧正の句に

171 燭とりて君みそなはす牡丹かな　塚間

172 牡丹さく廊下を練るや紫衣紅衣　同

161・162 さらば笠
一茶＝宝暦13年（一七六三）5月5日～文政10年（一八二七）11月19日。

163 一茶一代全集

164 七番日記

165 一茶句集（文政年中――「嘉永版発句集」）

166 享和句帖

167 我春集

168「真砂の志良邊」92号

169・170 承露盤
愚哉＝明治四年（一八七一）2月24日～昭和9年（一九三四）9月21日。

171・172 豊山長谷寺

173 石上古き田歌や初瀬路　潮音

174 春の夜を妻と籠りし初瀬寺　桂堂

175 菜の花や女の旅の初瀬道　赤木格堂

176 こもりくの初瀬どまりや雛の宿　鳥人

177 橘に鶯老いぬ初瀬の里　正岡子規

178 橘や風ふるくさき長谷の里　同

179 露しぐれ泊瀬（はせ）の別所もみぬ男　湖堂

180 永き日や花の初瀬の堂めぐり　内藤鳴雪

181 葉桜や田舎見たさの初瀬隠り　同

182 初瀬法師花の木間より見えにけり　河東碧梧桐

183 田の畝の菫咲きけり初瀬道　同

明治三十六年冬

184 長谷法師冬ごもりくの句稿かな　岩谷山梔子

185 初瀬山みどりあざやか山桜　九園

186 廻廊の千鳥あるきに見る牡丹　同

---

173 ホトトギス」三巻二号

174 「ホトトギス」三巻六号

175 「ホトトギス」四巻七号
赤木格堂＝明治12年（一八七九）7月27日～昭和23年（一九四八）12月1日

176 「ホトトギス」四巻八号

177 俳句稿
正岡子規＝慶応3年（一八六七）9月17日～明治35年（一九〇二）9月19日。

178 寒山落木

179 あなうれし

180 鳴雪俳句抄録
内藤鳴雪＝弘化4年（一八四七）4月15日～大正15年（一九二六）2月20日。

181 鳴雪俳句集

182 碧梧桐句集

183 承露盤
河東碧梧桐＝明治6年（一八七三）2月23日～昭和12年（一九三七）2月1日。

184 山梔子第一句集
岩谷山梔子＝明治16年（一八八三）1月30日～昭和19年（一九四四）1月4日。

185・186 「ホト、ギス」四六巻一〇号

187 長谷寺の翠微に沈む牡丹かな　皿井旭川

長谷寺の泊りに

188 きりぎりす夜の遠山となりゆくや　臼田亜浪

189 くみあげし閼伽の涼しさ長谷詣　野島無量子

三月二十二日阿波野青畝・藤岡玉骨
其他と共に長谷寺吟行

190 築地より谷を距てゝ春の山　高浜虚子

191 もてなされ少し窮屈花の寺　同

192 僧俗の磴のなかばに相別れ　同

193 長谷寺の講中花に弁当かな　同

大和長谷寺

194 永き日や昔初瀬の堂籠り　同

195 回廊を登るにつれて時雨冷え

196 花咲かば堂塔埋れ尽すべし　同

197 長谷寺に法鼓轟く彼岸かな　同

---

187 旭川句集
皿井旭川＝明治3年（一八七〇）10月11日～昭和20年（一九四五）12月18日。

188 定本亜浪句集
臼田亜浪＝明治12年（一八七九）2月1日～昭和25年（一九五〇）11月11日。

189 「ホト、ギス」四九巻八号
野島無量子＝明治27年（一八九四）9月7日～昭和56年（一九八一）7月15日。

190～193 「句日記」
高浜虚子＝明治7年（一八七四）2月22日～昭和34年（一九五九）4月8日。

194～199 「六百句時代」

198 花の寺末寺一念三千寺　同

199 御胸に春の塵とや申すべき　同

四月・昭和十八年

200 初瀬泊り吉野泊りと花の旅　野村泊月

長谷寺　三句

201 夜牡丹や長谷のきざはしゆるやかに　大橋櫻坡子

202 楼門は夜牡丹の灯の中となる　同

203 楼門の上に見ゆるも牡丹の灯　同

204 生盆や隠口（こもりく）村のかくれ川　角川源義

205 隠国の檜原の村やまた雪に　同

長谷寺にて

206 石仏のかくるゝ牡丹咲きにけり　水原秋櫻子

207 廻廊や初瀬（はせ）の紫雲英（げんげ）田はるかにて　同

208 勧学寮牡丹の客を絶ちにけり　同

200定本　泊月句集
野村泊月＝明治15年（一八八二）6月23日〜昭和36年（一九六一）2月13日。

201〜203雨月
大橋櫻坡子＝明治28年（一八九五）6月29日〜昭和46年（一九七一）10月31日。

204秋燕
角川源義＝大正6年（一九一七）10月9日〜昭和50年（一九七五）10月27日。

205句誌「河」昭和41年5月

206〜208玄魚
水原秋櫻子＝明治25年（一八九二）10月9日〜昭和56年（一九八一）7月17日。

209 大和、長谷寺。（大阪玉藻句会）
化粧坂うね〳〵冬の山裾を　星野立子

210 室生川長谷川となり秋日和　同

211 長谷寺に杖ひき給へ寒牡丹　同

212 廻廊を下りてあゆむや花曇　山口波津女

初瀬

213 牡丹過ぎゐたり新緑見てかへる　同

214 長谷寺の大釣鐘や梅の花　戯道

長谷寺三句

215 隠国の風来て触るゝ牡丹の芽　森龍子

216 画家描く真昼の牡丹蕊高し　同

217 囲竹青し胸の高さに牡丹咲く　同

長谷寺四句

218 牡丹揺る風出て泊瀬山暗し　同

219 廻廊の手摺高さに牡丹咲く　同

220 桶を水溢れて老婆の牡丹売　同

---

209 立子句集
星野立子＝明治36年（一九〇三）11月15日～昭和59年（一九八四）3月3日。
210 続立子句集
211 笹目
212 良人
山口波津女＝明治39年（一九〇六）10月25日～昭和60年（一九八五）6月17日。
213 天浪
214 承露盤
215～221 明日香
森龍子＝大正5年（一九一六）～昭和62年（一九八七）

221 牡丹見る惚けし顔へ火事サイレン　同

長谷寺(九句)

222 ひろごりて頻波(しきなみ)なせる牡丹かな　安住敦

223 牡丹見し眼は翠巒に向け冷やす　同

224 牡丹に寄る傍らに人無き如く　同

225 牡丹との一刻一瞬にして過去よ　同

226 山雨来て牡丹を濡らす是非もなし　同

227 山雨急牡丹くづるることも急　同

228 泊瀬の牡丹の雨となりにけり　同

229 牡丹いまは崩るる潮を待つばかり　同

230 くづほるる寸前のこれ白牡丹　同

大和長谷寺三句

231 山寺の破風(はふ)のひろさや春の月　阿波野青畝

232 春月や屋号ゆかしき白酒屋　同

233 春月や後夜(ごや)の明るき初瀬川　同

222～230柿の木坂雑唱
安住敦＝明治40年(一九〇七)7月1日～昭和63年(一九八八)7月8日。

231～233紅葉の賀
阿波野青畝＝明治32年(一八九九)2月10日～平成4年(一九九二)12月22日。

234 今日の月長いすゝきを生けにけり　同

235 かんかりと一燭のある無月かな　同

236 初瀬の駅獅子舞汽車を待てるかも　山口誓子

山の辺の道　十九句の内

237 初瀬川土手を焼きしは昨日かも　細見綾子

238 山しめぢ買へば済みけり初瀬詣　岡井省二

長谷寺　四句

239 妖蟲、一牡丹に執し歩を返す　成瀬桜桃子

240 牡丹園にしあはせの刻すぐに過ぐ　同

241 暮れそめし風が牡丹をかなします　同

242 ぬばたまの闇の牡丹をおもふかな　同

243 隠国の冬の初瀬を耕せり　林徹

244 左右より水打つ道を長谷詣　兼田英太

長谷寺下山、舞台にて二句

245 明日は発つ北斗の闇に涼みけり　門屋大樹

俳　句

---

234 長谷寺普門院内碑

235 「長谷寺」21号（昭和61年）

236 凍港
山口誓子＝明治34年（一九〇一）11月3日〜平成6年（一九九四）3月26日。

237 伎藝天・山の辺の道
細見綾子＝明治40年（一九〇七）3月31日〜平成9年（一九九七）9月6日。

238 角川書店・俳句歳時記
岡井省二＝大正14年（一九二五）11月26日〜平成13年（二〇〇一）9月23日。

239〜242 風色・忘機
成瀬桜桃子＝大正14年（一九二五）11月25日〜平成16年（二〇〇四）12月14日。

243 講談社・新日本大歳時記
林徹＝大正15年（一九二六）3月4日〜平成20年（二〇〇八）3月20日。

245〜255 遍歴「晋山」
門屋大樹＝大正一二年（一九二三）3月10日〜平成23年（二〇一一）4月11日

246 遠雷や別離まぎらす術もなし　同

247 鰯雲いざるに泊瀬のいや遠いき　同

伝法灌頂　長谷寺にて勤修、その前後十句　同

248 野菊掌に祈りかなしや磴の口　同

249 磴踏めば闇いづくなる菊匂ふ　同

250 灌頂阿闍梨立ちゆく未明菊の燭　同

251 菊冷へてゆく膝抱くや月得つつ　同

252 汝れ経を読む夜や菊を相へだつ　同

253 あかつきの菊の香に朱墨置きて読む　同

受者に附添う母は灌頂果つるまで一心に祈り
おりたりと聴くからに　二句

254 菊の間や沙弥の母泣きに来て祈る　同

255 露けしや阿闍梨の端に名連ねて　同

長谷寺五重塔、十一句

256 うそ群れて梢まぶしや塔生るる　同

256〜266遍歴「五重塔」

257 うららなる蝶の白きや塔を出て　同
258 塔うらら信者行道普門の偈　同
259 且つ録す奉納千句塔うらら　同
260 末寺三千泊瀬彼岸の塔うらら　同
261 葛涼し建たずの塔と言はれゐて　同
262 明星に懺悔を誦すや塔涼し　同
263 牡丹に宝塔暁けの灯を納む　同
264 禱り満つや牡丹ひと片栞り来し　同
265 塔の秋暮るる尾上の鐘鳴りて　同
266 秋天に九輪吹き上げ塔生るる　同
267 元旦や岳父を迎への初瀬へ発つ　同
268 初明り長谷の舞台に詣でけり　同

徒弟信誉長谷寺で加行、学生十二名、四十日間、十七句

269 降りつつむ雪解しづくや加行堂　同
270 敬誉猊下暁見廻るや寒の行　同

267・268遍歴「秋遍路」

269〜285遍歴「加行堂」

271 午前五時寒行見舞ひ化主に侍す　同

272 化主の瞳の闇を照らすや寒の行　同

273 慈眼寂と闇夜の弟子を凍て守りぬ　同

274 且つ弟子等法灯継ぐや軒氷柱　同

275 薔薇凍つや響く振鈴諸下し　同

276 与喜山の冬瞰や巌の神ながら　同

277 結界や枯るる雫の泊瀬山　同

278 仏眼冱ゆ礼して沙弥の結跏趺坐　同

279 寒行堂床はひめぐる声荒し　同

280 堂二月沙弥の素足の血にまみれ　同

281 血のにじむ声ひるむなし寒月に　同

282 暁堂の沙弥を見舞ひてかじけめり　同

283 加行堂見舞ひの傘に雪つらら　同

284 振鈴の嶺に響きて春を呼ぶ　同

285 研ぎし月さかしまささる寒林に　同

岡田杲師大僧正遷化、三句

286 恩師逝く座棺や寒の闇へだつ　同

287 二ン月や喪の初瀬訪ひぬ連歌橋　同

288 師の逝ける菩提の月の寒きかな　同

長谷寺、三句

289 長谷詣牡丹に三たび子は宝　門屋寿子

290 観音に心の通ふ夜の牡丹　同

291 ひかり満つ牡丹つつじや行楽期　同

長谷寺登嶺二句

292 寒牡丹作務衣の僧は若々し　永見聖宏

293 読経の声漏る堂や冬日没(い)る　同

初瀬

294 牡丹に登廊(くれはし)ゆくも旅なれや　伊丹三樹彦

295 登廊の左右にしさかる牡丹かな　同

296 牡丹に老いの手曳きの憩ひがて　同

286〜288遍歴「御修法」

289〜291遍歴「母之遺句集」
門屋寿子＝明治27年(一八九四)5月21日〜昭和55年(一九八〇)12月27日。

292・293思いつくまま
永見聖宏＝大正2年(一九一三)6月11日〜平成17年(二〇〇五)10月3日。

294〜306仏恋「初瀬」
伊丹三樹彦＝大正9年(一九二〇)3月5日〜令和元年(二〇一九)9月21日。

297 牡丹の真白に萎えける紅あはれ　同

298 日盛りの葉蔭牡丹の露けかる　同

299 牡丹の咲き惜しみてや二三株　同

300 牡丹の咲きもたわわを描くに遇ふ　同

301 牡丹やしづかに涌きて旅ごころ　同

本堂・舞台より

302 隠口（こもりく）のかすめる嶺々をうちかさね　同

303 瀬音して春蟬へだつ峡らしも　同

本尊・十一面観音

304 暮春とて金色はなつほとけあり　同

305 佩刀の音懼れつつ仏の辺　同

306 荘厳（しやうごん）のさやに鳴りけむ南風吹くと　同

連歌

1

めくり逢てもかひなかりけり
初瀬川（はつせがは）くめどたまらぬ水車（みずぐるま）　後嵯峨院

2

われはいさ花こそ人にとはれつれ
はつせの梅のにほふ夕くれ　素阿

3

ひはらのおくは猶くもるなり
散うかぶ杙に秋や泊瀬川　盛家
流るゝ月は跡もとゝめす

4

寺は余所なる小初瀬（をはつせ）の里
後前の世々の中宿只しはし　智薀

5

遅桜卯月や花のはつせ山
檜原を時と木は茂りけり　宰相（伊勢国主・中将）

1菟玖波集
後嵯峨院＝承久2年（一二二〇）2月26日～文永9年（一二七二）2月17日。

2文和千句
素阿＝生没年未詳。康暦2年（一三八〇）頃までは生存か。

3文安月千句

4竹林抄
智薀＝生年未詳～文安5年（一四四八）5月12日。

5初瀬千句

6
仏にふかき契くちすな
兼言のすゑをそ祈る初瀬山
うき三輪川にみそきするころ
之基

7
峰なる寺に冴ゆる入りあひ
幾日（いくか）をも籠り暮さん初瀬山（はつせやま）
はげしき風の秋のこの頃
宗砌

8
出てみよ後はうき世としりつべし
初瀬にますは与喜の神垣
迷てや我世を悪しく祈らむ
同

9
さきわひて梅は匂やこもるらん
はつせの鐘のよるかすむ声
春の色十市の村に月落て
日晟

6享保二年千句連歌

7姉小路今明神百韻
宗砌＝生年未詳～享徳4年（一四五五）1月16日。

8新撰菟玖波集

9文安雪千句
日晟＝生没年未詳。享徳2年（一四五三）生存。

10 彼仏たつぬる人も恋路にて
はつせおろしの音そはけしき
近くなる鐘はしもにや更ぬらん
通賢

11 ふしみのゝ辺のうら枯のころ
初瀬山槙の葉しほる風もうし
谷よりのほる雲のしたみち
中雅

12 嵐たつ初瀬の山の春のくれ
かすみてとをきいりあひのこゑ
後花園天皇

13 伏見のさとの竹の下かれ
をとたかしこの比秋や初瀬風
かねなるかたの有明の月
源意

---

10 熊野千句

11 河越千句

12 法皇独吟百韻
後花園天皇＝応永26年（一四一九）6月18日～文明2年（一四七〇）12月27日。

13 異体千句
源意＝応永15年（一四〇八）～没年未詳。文明3年（一四七一）生存。

引とつる窓にはけしき風吹て

14 泊瀬の寺そ山のおくなる　　永喜

たのめたゝほとけのちかひあさからし

旅寝(ね)はいづく入相(あひ)の鐘(かね)

15 泊瀬山(はつせやま)よもに花咲(さ)く陰分(かげわけ)て　　専順

二もとのすきにし契り朽やらて

16 たか代のかけそをはつせの梅　　同

灯もかすめる寺の春の月

月もすむ夜のあきの河音

17 暁のかねも身にしむ泊瀬風　　同

とはゝや露によその夕暮

14因幡千句

15竹林抄
専順＝応永18八年（一四一一）～文明8年
（一四七六）3月20日。

16・17美濃千句

18　おもひのけふり雲もまかへよ
初瀬山いさよふ月のはや入て　同

19　雪とのみふるの桜木夢なれや
春をくらせる小初瀬の鐘　同

20　年も経ぬ又加れるやよ弥生
世のほかの岩木の陰に尋来て
ここに寺あるをはつせ山　英阿

21　北野こそ与喜の宮ゐもひとつなれ
ふしみのいりえ水もすさまし
めくり行なかれそふかき初瀬河　圭承
花をむかしと梅のちるかけ

18表佐千句

19熊野千句

20宝徳四年千句

21享徳二年千句連歌

22
はつ瀬まふでは大和なるみち　　玉かつらかけてたのまぬ月はうし
よむ歌に名をとめたるやあま小舟　　親忠

23
鐘にきりふるをはつせの山　　ゆふ日かくれに木のはちるこゑ
暮わたるみねの常磐木うちしくれ　　宗祇

24
寺見えて嶺は木ふかきはつせ山　　いく世のかけそふたもとの杉
きゝえぬは何のむくひそ法の道　　同

25
春の日に長谷川にうつろひて　　霞のすゑはけに鞍馬山

22源氏国名百韻

23・24下草
宗祇＝応永28年（一四二一）～文亀2年（一五〇二）7月30日。

25・26名所千句

かつら一すちのこる藤生野

26
花をみはもろこしかけて芳野山
泊瀬路とをく梅かほるなり
朝なく雪消の沢に水越て

花に人風もふきあへずちりはてゝ
27
世をうしとおもひはつせの山こもり　関白右大臣
をのへのかねに花おつるくれ

やとりなしとや末いそくらん
28
はつせ河さのゝ渡りの暮ゝ日に　桜井基佐
猶夜をのこせ霞むあけほの

又あふまての身をやいのらん

27新撰菟玖波集

28桜井入道永仙付句
基佐=生没年未詳。永正6年(一五〇九)生存。

29 岩かねになかれわかるゝはつせ川
身のうへにかへり見るこそ悲しけれ
同

30 泊瀬のかねぞ分けて聞くゆる
まどろむはたゝ玉しゐのなきに似て
兼載

31 はつせの山そわかたのむかけ
ふたらくの南にゆかぬ海士を舟
同

32 いのるしるしにあへるはつせち
ときも又おそきもおなし法の道
同

君か代ははけしき風もおさまりて
きみにいさめのなきはこの御代

29桜居基佐集

30・31園塵
兼載＝享徳元年（一四五二）～永正7年（一五一〇）6月6日。

32新撰菟玖波集

33　梅か香はうきて流る初瀬川　同
散花をまたさそふ下水
風やかすみのゐせきならまし

34　初瀬川々霧しろく立のほり　玄清
月もすさまし杉の下風

35　誰もこのおもふほとけははつ瀬山　氏親
ふりにし跡をなをみわの神
おのへのかねの入相のこゑ

36　海士小舟はつ瀬の春の入逢に　同
花にあくかれ今日も暮しつ
かすむふしみは分いろもなし

33永原千句

34葉守千句
玄清＝嘉吉3年（一四四三）〜大永元年（一五二一）11月13日。

35・36出陣千句
氏親＝文明5年（一四七三）〜大永6年（一五二六）6月23日。

37 又あわれそふ入会のかね
こもりてはなに祈るらん初瀬寺　　覚阿

38 三輪川のなかれをおもへ法の道
いのる初瀬の寺ちかき声　　同

かねもまて夜ふかき空の郭公

39 いとせめて都恋しき草枕
はつ瀬の鐘に月かたぶきぬ　　宗長

かたしきのふしみの枕露ふけて

40 ほどなきに波風あるゝ海士小舟
初瀬の川ぞ岩づたひ行　　同

人にさていかゞかたらん興津なみ

37因幡千句
覚阿＝生没年未詳。永正～大永（一五〇四～二八）頃の人。

38東山千句

39壁草（三手文庫本）
宗長＝文安5年（一四四八）～享禄5年（一五三二）3月6日。

40・41連歌作例

旅ねはいづく入会のかね
41 はつ瀬山四方に花さく陰分て　同

前関白（近衛）家にて百韻の連歌に
空しつまれはたかき河をと
42 はつせ山ひはらに月の夜はふけて　實隆

まくらとふ夜の月のさむけき
43 はつせ山おく物ふかく雲かけて　同
檜はらかうへの今朝のはつ雪

山風のはけしくきぶくならひきて
44 初瀬の寺にするは奉公　荒木田守武
殿原やもろこしまてもきこゆらん

42・43新撰菟玖波集
實隆＝康正元年（一四五五）～天文6年（一五三七）10月3日。

44荒木田守武句集
荒木田守武＝文明5年（一四七三）～天文18年（一五四九）8月8日。

大和に一の名をもあげばや

45 おもはすもはち（恥）かくらくのはつせにて　同

この山でらはしようしにもなし

おもふにかなへいのるゆく末

46 さりとものたのみもけふをはつせ山　宗硯

寺のさまにも袖はぬれけり

47 茂る木に月やこもりくの初せ風　元理

ゆふたつなみを残す川上

明はなれても風のはげさしさ

48 雲のほる谷をふもとの泊瀬山　三大

一すちとをき河水のすゑ

45守武千句

46伊庭千句
宗碩＝生没年未詳。天文（一五三二〜五五）頃の人。

47飯盛千句
元理＝生没年未詳〜永禄9年（一五六六）以後間もなく没。

48・49大原野千句

49 雨はれぬらし山本のさと
一とをり雲にみえたるはつせ風
杉まほのかになれる月しろ　宗仍

50 たのみかたきはなを後の親
初瀬路や思はぬかたにいざなはれ
ふかくたづぬる山時鳥　心前

51 ひなよりかへり都にそすむ
問よるもやとりはおなし初瀬山
花はむかしの香こそしるけれ　同

52 風の色も嶺より落る楼の上
かねに初瀬の遠からぬくれ　紹巴

50明智光秀張行百韻
心前＝生年未詳～天正17年（一五八九）11月16日。

51大原野千句

52飯盛千句
紹巴＝大永4年（一五二四）～慶長7年（一六〇二）4月12日。

立とみし程あらましの花の波

53 春は初瀬のとをき川音

かすみより三輪の渡りの暮初て

兼如

河なみや花をよせ来て帰るらむ

54 はるもはつ瀬のやまかぜの音

すがはらやふしみは霞立こめて

幽斎（藤孝）

ともし火のかけこ寺のしるべなれ

55 初せの山はくれはてにけり

すか原や伏見はあとに分て来て

智仁親王

春も嵐の猶すさふ山

56 小泊瀬やかすまぬまゝの鐘の音

霜かと三輪の月は有明

玄仲

53真壁道無追善
兼如＝生年未詳～慶長14年（一六〇九）9月20日。

54定家卿色紙開百韻
幽斎（藤孝）＝天文3年（一五三四）4月22日～慶長15年（一六一〇）8月20日。

55智仁親王詠草
智仁親王＝天正7年（一五七九）1月8日～寛永6年（一六二九）4月7日。

56高野千句
玄仲＝天正4年（一五七六）～寛永15年（一六三八）2月3日。

脱(ぬぎ)かえて里居にしのぶ町 被(かづき)
57 うき四花よりと初瀬踏(はつせふま)する
樗(あふち)咲朝むらさきの寒からず　素好

はげしかれとやほゆる聲〱
58 うかりける人を初瀬の山の犬
今日九重に正躰(だい)もなし　改明

詩の上手(じやうず)杉の木陰(こかげ)にやすらひて
59 もろこし人もまゐる初瀬路(はつせぢ)
魚(うお)も仏になりやしぬらん　望一

木幡(こはた)へよりて馬をこそかれ
60 ひか〱と螢みだるゝ初瀬風　斎藤徳元

57七泊集

58鷹筑波

59犬子集
望一＝天正14年(一五八六)～寛永20年(一六四三)11月4日。

60塵塚誹諧集
斎藤徳元＝永禄2年(一五五九)～正保4年(一六四七)8月28日。

あら〳〵すゞし末の三輪川

千手観音手のおほき秋

61 月出て初瀬へ参て鐘聞て　　貞徳

古具足（ふるぐそく）露の中にはかひはへて

及（をよび）なき人に心をかけづくり

62 頼（たのみ）申さんはせの観音（くはんをん）　　同

咲華は見もせで銭をつなぎため

63 初瀬より出て勧進の春　　同

長閑にも千部の經をおもひ立

仏前をおく物ふかくふしおがみ

64 初瀬参りの袖の殊勝さ　　真淵重治

61犬子集
貞徳（長頭丸）＝元亀2年（一五七一）～承応2年（一六五三）11月15日。

62新増犬筑波集

63紅梅千句

64鷹筑波
真淵重治＝生年未詳～承応4年（一六五五）

正月は宮もわら屋ももち(餅)気にて
65 人を初瀬にふるまひの跡
草履取(ざうりとり)まはれば遠し難波寺
宗尒

くさめ〳〵の門の乞食
66 はつせにゃ古きたゝみ(畳)を扣(たた)くらん
尾上のかねのよその宿がへ
方好

東風(こち)すさぶ川水汲(くみ)て垢離(こり)をかき
67 今を初瀬の観音まふで
あかざりし夫の別れしたひ侘(わび)
定清

またてきく弥生の山の郭公
68 初瀬の奥にたとる曙
隆寛

65・66堺海草

67誹諧独吟集

68・69連歌和漢漢和

入日のあとの鐘かすか也
69 咲花にましる初瀬の槙檜原
霞のおくにつゝく川水

保春

尾上のかねでうそをつく君
70 物やらざつんと契りは初瀬山
見れば右近を馳走する体

可頼

身にしめて大和人(やまとびと)をし恋こがれ
71 さいはひ初瀬いのり申さふ
みあかし文(ぶみ)かけ千話文(ちわぶみ)のついでながら

安静

下り蜘(さがりぐも)なれもかはゆし恋の山
72 不断に祈る小初瀬まうで

独釣子

70紅梅千句
可頼＝生没年未詳。寛文8年（一六六八）頃没か。

71誹諧独吟集
安静＝?～寛文9年（一六六九）10月9日。

72・73時勢粧

たく香も鐘のねたしき独居（ひとりゐ）に

有難き仏参（ほとけまゐ）りや此御堂（このみだう）

73　尋（たづね）てあふは初瀬の利生（りしょう）

山下風（やまおろし）はげしくはなき恋の占（うら）

良庵

御庭にうつす極楽の橋

74　参詣も初瀬の寺はありがたや

よしや芳野はしひて見ずとも

正章

材木出す山おろしふく

75　こもりくの泊瀬（はつせ）の寺の奉加帳

檜原（ひばら）を分（わけ）し僧にて候

天津乙女（あまつをとめ）や手きゝなるらん

一朝

74正章千句
正章（貞室）＝慶長15年（一六一〇）～寛文13年（一六七三）2月7日。

75江戸誹諧談林
一朝＝生没年未詳。延宝（一六七三～八一）頃の人。

76 たか(高)給(きふ)のかねの響きは初瀬山
上酒(じやうしゆ)いるゝ杉の二もと
三輪の味酒(うまざけ)ざゝんざの声
素敬

77 泊瀬めを招(まねき)よせては戯れて
その玉(たま)かづら薄の中でも
泊客有(あり)とは兼て夜着蒲団
直成

78 初瀬の宿に葛籠(つづら)長持
小盗人横川(よがは)の僧都に見付けられ
さゝ蜘(がに)の蛛(くも)の巣まじり煤出して
同

79 泊瀬の観音堂の色付(づく)
酒ひとつ右近とかやも参(まゐる)べし
西花

76大坂談林桜千句

77～79天満千句

80 古川(ふるかは)の辺(へ)に家居(いへゐ)をやせん　二本(ふたもと)の杉の丸太を柱にて　おどりのさきに見ゆるねり物　慶友

81 石あがりにもかつ(勝)や御機嫌　はしりごくら初瀬(はせ)のらうか(廊下)をかぞえ(数へ)きて　むげん(無間)のかね(鐘)や又つゝみ(包)がね(金)　西以

82 渋紙包(しぶかみつつみ)響くかねの音　小(を)初瀬(はつせ)の山より遠(をち)の真綿売(まわたうり)　くさ葉の陰につくばうてゐる　友雪

83 ねかひの糸や鹿子ゆふをと　花は初瀬都は諸事かおもはるゝ　講参りとてのりし春駒　同

80犬子集
慶友(卜養)＝慶長12年(一六〇七)～延宝6年(一六七八)12月26日。

81物種集

82二葉集
友雪＝生没年未詳。延宝(一六七三～八一)頃の人。

83両吟一日千句

鈴の音(ね)や廊下伝ひにびゞくらん

84 常香(じやうかう)きらす奥の長谷寺　　益友

包(つつみ)ぬるふだらく銭もまのあたり

箸箱守る三輪の神杉

85 初瀬風悪魔の鼠はげしくて　　可心

龍田に夜盗僧に法あり

唐に日本の事も聞及び

86 たつとく思ふ初瀬の観音　　重頼

道作る奉行〱を改めて

別(わかれ)のなみだ珠数(数珠)粒(つぶ)の如(ごと)

87 又見るやなじみの妻を初せ山(はつせやま)　　同

84大坂談林桜千句
益友＝生没年未詳。延宝～宝永
(一六七三～一七一一)頃の人。

85　誹枕

86犬子集
重頼(維舟)＝慶長7年(一六〇二)～延宝
8年(一六八〇)6月29日

87～97時勢粧

古河辺(ふるかはのべ)のすぎた世がたり
恋の歌かくついまつのすみ

88 年もへぬ祈る初瀬の堂伽藍(がらん)　同

うかりける人いつ肌あはん
味酒(あぢざけ)の三輪(みわ)素麺(そうめん)も知人(しるひと)に

89 初瀬まゐりのとまる 定宿(ぢやうやど)　同

枝ぶりも梅も昔の香に匂ひ
雲に霞に 迎(むかへ)の菩薩(ぼさつ)

90 初瀬路や信心先(さき)に立計(たつがかり)　同

うつくしげなるうしろでやつす
二世迄の 契(ちぎり)頼母(たのも)し誰上(たがうへ)も

91　祈る初瀬の仏を証拠(しようこ)
　尋(たづね)ずば古河辺(ふるかはのべ)で逢(あひ)ませよか
　蒲(ガマ)はゝきして覚束(おぼつか)なすべり道
同

92　今を初瀬の山の巡礼
　聞(きき)及ぶ尾上(をのへ)の鐘の余所(よそ)からも
　朝ぼらけ芳野の里で歌を案じ
同

93　猶うらめしき初瀬女(はつせめ)の文(ふみ)
　人は不知(いさ)我はそなたをいとしがり
　波のあはれな恋風秋風
同

94　うかりける初瀬女(はつせめ)祈る身は冷(ひえ)て
　霜さきしるき入逢(いりあひ)の声
同

95

懺悔(さんげ)に罪をたすくる仏
初せ山いのる利生(りしやう)に尋逢(たづねあひ)
うかりける人こゝろをなほす
　　　　　　　　　　同

96

拝入(をがみいり)て念珠押(おし)もむ岑の寺
あが姫君といのる小初瀬(をはつせ)
さりとては逢(あひ)て給はれ年もへぬ
　　　　　　　　　　同

97

嵐は京の外事よなう
うかりける様(さま)を初瀬(はつせ)に肝(きも)かけて
右近とかやもいとほしとこそ
　　　　　　　　　　同

98

老妻(おいづま)のおもはれかほのしれわらひ
初瀬の寺に祈りそこなふ
うかりける人にはげしくしかられて
　　　　　　　　　　一正

98犬子集

99　涼しきは誰が所行ぞや初瀬風（はつせかぜ）　忠雄
寺ふかく仏法あれば開帳有（あり）
尾上につくは寂滅為楽

100　初瀬は遠し何を買（かは）ふか　国流
山がら小がら四十二のとし
石上（いそのかみ）ふると聞（きい）たる傾文字あり

101　初瀬路に残るあつさをへその下　悦春
霍乱（くわくらん）ならばうかりける旅
尾上のかねに一寸の秋

102　大将も初瀬の花に出られて　以仙（益翁）
春日の里の機のおもりに

99阿蘭陀丸二番船

100雲喰ひ

101大坂独吟集
悦春＝生没年未詳。延宝（一六七三〜八一）頃の人。

102誹枕
以仙＝慶長10年（一六〇五）〜？

天下一枚ふるや春雨

難波の浪も入残(いりのこ)しあり

103 花に行泊瀬(ゆくはつせ)も遠しはやり風呂　同

躑躅(つつじ)のひかり数たばこ盆

書送(かきおく)る手紙のおくの山颪(やまおろし)

104 今を初瀬の人やよぶらん　宗因

せんじ茶をふる川のべの宿がへに

これは〳〵のやまとことのは

105 一見(いっけん)は奈良三輪初瀬吉野山　同

寺をももたぬ僧にて候

主命(しゅのめい)は秌風(あきかぜ)よりもはげしくて

103大坂談林桜千句

104～106宗因千句
宗因＝慶長10年（一六〇五）～天和2年（一六八二）3月28日。

106 祈る初瀬に代(だい)まゐりする
暮をまつ恋の山伏年もへぬ
同

異見の分はよその夕ぐれ(暮)
107 せがれめがつくす(尽)ちぎり(契)ははつせ(初瀬)山
その玉かづら(葛)かくるあげせん(揚銭)
同

采女(うねめ)なりけりさすが也けり
108 初瀬山せい(背)くらべして立(たち)にけり
仁王をきざむ二もと(本)の杉
一水

能登守(のとのかみ)もろこしまでも聞(きこ)ゆなる
109 初瀬の寺の杉折の菓子
仕方咄(しかたばなし)をする男山
同

---

107 蚊柱百韻

108・109 二葉集

110　草鞋をほとく伊賀の古郷
今なるは初瀬の寺の鐘かとよ
つらりと並ふ手習の子ら
国瑞

111　道しらぬ里に砧をかりに行
月にや啼ん泊瀬の籠人
葛籠とく匂ひも都なつかしく
文鱗

112　番袋の口烌篠の里
初瀬川火もとはよその夕暮に
難波のあしがふるひましたよ
旨如

113　尾上に通ふ俳諧の巻
初瀬風貫之友の折〳〵は
抹香のさし図の箱を取出し
露言

110一橋

111続虚栗

112誹枕
旨如（旨恕）＝生没年未詳。元禄3年（一六九〇）生存。

113江戸広小路
露言＝寛永7年（一六三〇）〜元禄4年（一六九一）4月10日。

114　年貢納むるもろこしの里
或はかね初瀬の寺に聞ゆなる
酒の家符買杉の下陰（符＝カブ）
西鶴

115　門立のもろこし様に続く者は
初瀬の寺のかね持てこい
名木の梋にすみ縄打たれたり
同

116　汐がさし又ひく事が不審也
正真まさに初瀬の観音
極楽の光なりけり金一まい
同

117　取集てもない鐘の声
大節季初瀬の山より暮かゝる
同

114・117大矢数
西鶴＝寛永19年（一六四二）〜元禄6年（一六九三）8月10日。

右近と云人分別の露

毛を吹きてあらしはけしきてじはよう

118 初瀬といへる傾城のはて　同

肌ふるゝ尾上のかねか敵にて

うかれめも十七八の秋の月

119 初瀬をいのるかほは冷（すさま）し　同

さばき髪けはい（化粧）坂より花やりて

七月めにて上〃おろし有

120 天下一初瀬の山ぞうかりける　宗旦

江戸づめをする小笛鶯

神垣やそも〳〵よりの古狐

---

118 西鶴五百韻

119 大坂独吟集

120 当流籠抜
宗旦＝寛永13年（一六三六）～元禄6年（一六九三）9月17日。

121　初瀬の月の生頭谷(なまかしらだに)
　永き夜もしらりと明ル白衣
　人去(さり)ていまだ御坐(おまし)の匂(にほ)ひける
神叔

122　初瀬(はつせ)に籠(こも)る堂(だう)の片隅(かたすみ)
　ほととぎす鼠のあるゝ(荒)最中(さいちゆう)に
芭蕉

　笠の端(は)をする(擦)芦(あし)のうら(末)枯(かれ)
123　梅に出て初瀬(はせ)や芳野(よしの)に花の時
　かすめる(霞)谷に鉦鼓(しやうこ)折々
同

　霜にくもり(曇)て明(あく)る雲やけ(焼)
124　奥ふか(深)き初瀬(はせ)の舞台に花をみて
　臨(のぞみテ)レ谷(ヲ)伴(ともなテ)二蛙仙(あせんニ)一
同

---

121 或時集

122 「雁がねも」歌仙・元禄元年(一六八八)9月。
芭蕉＝正保元年(一六四四)～元禄7年(一六九四)10月12日

123 伊達衣

124 「破風口に」和漢歌仙・元禄5年(一六九二)8月。

足もとに菜種は臥(ふし)て芥(けし)の花
125 茶を煮て廻す泊瀬(はせ)の学寮
下張の反古(ほうご)見え透くまくら(枕)して　同

日のながうしてやすむ伊勢道
126 旅の空奈良長谷(はせ)高野たつ霞
雨はふるともころも(衣)一くわん(貫)　信徳

浪人の細工斗でくらさるゝ
127 ならは見たれど初瀬越にあく
十月の今年は殊に寒かりし　嵐州

さ(去)られてもどるのりもの(乗物)ゝうち
128 はつせ(初瀬)山ほどう(憂)かりける人
二本(ふたもと)の杉原(すぎはら)に文(ふみ)をかきくどき　保友

---

125 句兄弟

126 信徳十百韻

127 菊の道

128 ゆめみ草
保友＝生没年未詳。元禄15年（一七〇二）以前没か。

手板のかねによその夕暮

129 かまぼこの杉の昔は初瀬山
うこんとかやはふ〳〵の色
幽山

130 隠口(こもりく)のはつかなりけり薬喰(くすりぐひ)
杉箸寒き二本の里
高政

不慮の恋たそがれの春付けて行

131 助太刀響く小泊瀬のかね
三輪の山日来懇意の隣也
一鐵

痃癖(げんぺき)のつかへ葛城(かづらき)の霧

132 小(を)初瀬(はつせ)の月は眼気(がんき)に影くれて
大盃(たいはい)おきやれ杉の秋風
一礼

---

129 誹諧当世男
幽山＝生年未詳〜元禄15年(一七〇二)9月14日。

130 誹諧中庸姿
高政＝生没年未詳。元禄15年(一七〇二)生存か

131 江戸八百韻

132 投盃
一礼＝生没年未詳。寛文〜元禄(一六六一〜一七〇四)頃の人。

133
さえゆくかねをつゝむ杉原
お初穂は　幸芳野三輪初瀬
諸願成就の花咲にけり
重以

134
琴の下桶に何を入けん
在所てもよそに聞なす泊瀬の鐘
市女かとゝは出茶屋也けり
其角

135
大判の名も珍しや金衣鳥
花の弥生の初瀬の観音
貫之の心もしらす人はいさ
同

136
帯ほころばす金のたしなみ
寝言さへ初瀬籠の南無大慈
同

133 蛇之助五百韻
重以＝生没年未詳。寛永年間（一六二四〜四四）生、宝永元年（一七〇四）生存。

134 句兄弟
其角（晋子）＝寛文元年（一六六一）〜宝永4年（一七〇七）2月30日。

135 誰が家

136 未来紀

まめ（豆）蒔（まき）しまふ宵過（よひすぎ）の東風（こち）

いそがしく釜を戻すも足駄かけ

137 川音なから泊瀬（ハセ）の綿打　　同

脂（アブラ）ふかさに木枕を拭く

さて京ちかき山ほとゝぎす

138 はせ（初瀬）よしの（吉野）残らずめぐるむら雨（さめ）に　　由平（舟夕子）

ちりさふらふ（候）よ花の中宿

月影に馴染（なじみ）の深き宿かり（借）て

139 霧の奥なる初瀬の晩鐘（いりあひ）　　野明（鳳仞）

花の香に鳴（なか）ぬ鳥の幾群か

氣にかゝる物は明石の朧月

---

137 続五元集

138 大坂独吟集
由平（舟夕子）＝生没年未詳。宝永4年（一七〇七）頃没か。

139 ゆすり物
野明（鳳仭）＝生年未詳～正徳3年（一七一三）3月12日。

140　よし野初瀬の花は別レて　素全
蕗味噌の苦(にが)い所ぞおもしろき
鬢そぎの露ぞ色づく門送り

141　まだ疎抜(おろぬ)かぬ泊瀬(はせ)の曙(あけぼの)　喬谷
陣〃はかます糀(かうぢ)のうち薫り
染(そむ)れども結び足らざる帯の色

142　初瀬(はつせ)の舞(まひ)は酒がさせけり　介我
雨風も旅をしつけ(為慣)て苦にならず
そこの媒(なかうど)爰の山風

143　楢肴浪せく思ひはつ瀬河　言水
花に中間のよりあひの鐘

---

140 鵲尾冠

141 江戸筏

142 其便　介我＝承応元年（一六五二）～享保3年（一七一八）6月18日。

143 江戸新道　言水＝慶安3年（一六五〇）～享保7年（一七二二）9月24日。

夜半の鐘母にきかせて此恋(この)を

144　はつせ(初瀬)の便江戸からの文　　同

武運長久弓槻(ゆつき)が下に願ふ也

145　伏見の暮霧の初瀬や高灯籠　　同

里は踊子袖ふりの峯

鳥に踏(ふま)れて白き竹の葉

146　初瀬女(はつせめ)のもつるゝ筋に恨かけ　　白不

此重(このぢゆう)も飲(のむ)薬ではない

煮込にしるき鷹先の宿

147　目をかはす芳野初瀬の葉拵え　　木奴

戯のはしりのをんな心易

---

144 誹諧江戸蛇之酢

145 誹枕

146 「其角十七回忌」(歌仙)

147 百千万

148 蹴ル足を頓而(て)女房がねぢ倒し　　度江
初瀬(はつせ)祈は人聞(ひとぎき)もよし
かれてだに溜たる髪の二袋
何にもふらず二ツ十月

149 初瀬芳野御坐一枚の中(くさ)枕　　朱拙
狐だました手柄語らん

150 水仙やうすくれなゐの初瀬山　　露沾
佳人かゝやく夕霜の杖
風味のますは南部諸白(もろはく)

151 初瀬山金もへりたる物思ひ　　蝶々子
二もとの杉くさる桶かず

---

148 梨園

149 芭蕉盥
朱拙＝承応2年（一六五三）〜享保18年（一七三三）6月4日。

150 百千万
露沾＝明暦元年（一六五五）5月1日〜享保18年（一七三三）9月14日。

151 誹諧当世男
蝶々子＝生没年未詳。宝永〜享保（一七〇四〜三六）頃の人

152 岡寺　春雨は土の仏の膚まで
長谷　長い廊下に似たるもの有
南円堂　皇を人はさがなし是旦那　朝叟

153 歳暮吟
養父入にのけはれたる戀をして
二人つれ立初瀬の日帰
ほとゝぎす嘸やみやこのうつけ共　芦本

154 雪みる寺にならぶ掻(か)い餅
中〳〵に風ゝ(おもしろ)流き初瀬山(はつせやま)
久しき掻(か)ゝぬ髪のかたまり　越人

155 瓜の花是からなんぼ手にかゝる
近くに居れど長谷をまだみぬ　野坡

---

152 その浜ゆふ
朝叟＝生没年未詳。宝永～享保（一七〇四～三六）頃の人

153 一幅半
芦本＝寛文4年（一六六四）～元文元年（一七三六）10月21日。

154 ゆすり物
越人＝明暦2年（一六五六）～享保末年（一七一六～三六）没。

155 炭俵
野坡＝寛文2年（一六六二）～元文5年（一七四〇）1月3日。

年よりた者を常住(じやうぢゆう)ねめまはし
鶯の余の鳥どもと鳴まじり

156 うらゝに眠る長谷の所化寮
杉の葉の花にはらべば赤ばりて　其継

157 一荷(いつか)になひし露のきくらげ
初あらしはつせ(初瀬)の寮の坊主共(ども)
葉畑ふむなとよばりかけたり　野水

158 定めなき美濃の谷組(汲)打納め
鐘鑄(かねい)にあはん猶はつせ山
癩(ものよし)のものうき富の世を悟り
院守も通りの方へ出て住居　破笠

---

156 となみ山

157 阿羅野(曠野)
野水＝万治元年(一六五八)～寛保3年(一七四三)3月22日。

158 続虚栗
破笠＝寛文3年(一六六三)～延享4年(一七四七)6月3日。

159 初瀬もどりの車引込ム
美しくさつと濡たる石の面　心祇

160 題にまて逢ふて別るゝ恋と有り
どうて叶はぬ泊瀬の開帳
鼠めに起さるゝ事夜に三度　青壚

161 花染の色よき布の頬かぶり
よし野初瀬にさくら咲比
順礼をおもひ立たる朝がすみ　斗酔

162 かはたれ時に又見付られ
さあといふ人を初瀬の病なし
十分に毛のはへた樊噲(はんくわい)　烏卵

159新撰武蔵曲
心祇＝宝永4年（一七〇七）～宝暦13年（一七六三）10月23日。

160爲蚕
青壚（米仲）＝宝永4年（一七〇七）～明和3年（一七六六）6月15日

161仮日記

162ふたりづれ

163 宿かさん花の衾も敷て見よ
暮るつもりて初瀬を出しに
時なれや口のうちにて啼蛙　　一鼠

164 無慙や児(ちご)に煎じよう(様)常
うつかりと祈る初瀬に住ながら
棒突て行け九つの鐘　　平砂(其樹)

165 待合(まちあは)す娵見(よめみ)の船は輪に廻り
泊瀬に祈をかけて乳も出す
色々におろかな夢の長局　　蕪村

166 追風に御所ならはしの身の用意
しぐろうみゆる長谷越の連
碓(からうす)に餅も踏する花の宿　　彫棠

---

163 蕉門付句注解抄
一鼠＝享保15年（一七三〇）〜天明2年（一七八二）5月21日。

164 梨園
平砂（其樹）＝宝永4年（一七〇七）〜天明3年（一七八三）

165 蕪村全種補遺
蕪村＝享保元年（一七一六）〜天明3年（一七八三）12月25日。

166 末若葉
彫棠（周棠）＝生年未詳〜天明4年（一七八四）6月24日。

167 こゝろに祈る泊瀬(はせ)の観音
気違とはやせば人のはしる也
熱さめてへがれし髪のかこたるゝ
自珍

168 只寺といふ句に三井や初瀬寺
むかしはしらす今は居所なり
いつれも折を嫌てそする
蓼太

169 初瀬もどりの雨の中宿
ぽん〱とどの印籠もふたしなみ
梅漬に花のむかしは匂はねど
同

170 学寮の灯しづかに初瀬やま
他生の縁の棟の行あひ
同

---

167 続一夜松後集

168 真砂歌
蓼太＝享保3年（一七一八）～天明7年（一七八七）9月7日。

169 新夏引

170 七柏集

狀からへがす小粒十四五

171
八専の氷い泪も雲ちきれ
滿する初瀬の夢に孕る　同
薫におり居て鳩のしほらしき

172
ありてなき身を御仏に任せける
秋をはつ瀬の月祈るらし　高井几董
博奕に負て旅寝の夜を寒み

173
霧けぶる岸に米搗(つく)水車
はつ瀬詣(まうで)と聞(きく)はうれしき　同
春やむかし噺(はなし)相人(あひて)も花の時
名やしのばしき炷殻(たきがら)の香

---

171 百羽かき

172 宿日記
高井几董＝寛保元年（一七四一）～寛政元年（一七八九）10月23日。

173 続明烏

174 朝がほのやどりに下る初瀬籠(はせごもり)
瓶子(へいじ)に分る新酒ひと升(ます)　同

蚤とり迯す行燈のかげ

175 朝よさに初瀬次郎を寮の窓　同

曇りて雨の降らぬこのごろ

扇に時の秀句書けり

176 初瀬ごもり夜は明やすき半蔀(はじとみ)に　同

流るゝ水の遠からぬ音

よき衣の虱(ひね)を捫る日もなくて

177 初瀬籠(はつせごもり)の花も過行(すぎゆく)　同

雨の跡水あたゝかに覓もる

---

174 続一夜松前集

175・176 新雑談集

177 几董遺稿

一つまみ茶畑の雫うちはらひ

178 はつせから来て縄を引はる
大空は鶴のなく声はかりして　岱青

はつ瀬の巻

179 我戀の花にひと夜をこもり堂　升六
180 そゞろにかすむまぼろしの月　魚眼
181 呼子鳥ふるきけしきをうつすらん　布石
182 茶の風呂敷を肩に懸たる　友國
183 ふたつみつ濱の小貝を手に乘て　一草
184 大かた麥は蒔てしまひし　井眉
185 かくまでも聟のこゝろの美しく　田禾
186 御堂の太鼓牛をうち出す　桃源
187 てる〳〵と巽あがりの傘提て　瑞馬
188 牡丹の花の八歩咲たり　甫六

178鳶眼集
岱青＝生年未詳～寛政11年（一七九九）8月2日。

179～204花見二郎（「はつ瀬の巻」の連歌は、末尾に「一順下略」とあるように二十六名で興行され何巡かしたものと思われるが、一巡のみ掲載されてる。）

升六＝生年未詳～文化10年（一八一三）9月3日。

一草＝享保17年（一七三二）～文政2年（一八一九）11月18日。

田禾（篤老）＝安永7年（一七七八）～文政9年（一八二六）4月22日。

189 海ちかく川にも近き中屋鋪　巴龍
190 奉公なれぬ顔をわらはれ　李丈
191 朝の月油をぬぐふ塗まくら　奇淵
192 扇のうへをふくは秋風　乙人
193 松むしをやしなふ程の草かりて　雪濤
194 やなぎの下のいつもかはかぬ　夜人
195 梅の句を案じに出たる夕霞　巣雨
196 ちゐさ刀の長閑なりけり　吾雀
197 俎板の一日鳴らぬ事もなし　擣室
198 銅の鳥井の海べらにたつ　魯水
199 雪深き馬の背中を掃てやり　東雲
200 置わすれけり積の木くすり　夜静
201 とも し火にあかづきかたの物おもひ　杉光
202 まろ屋はつらく潮さし來る　桃水
203 月ずゑは雲のゆきゝもせはしなき　春紫

奇淵＝宝暦12年（一七六二）～天保5年（一八三四）5月18日。

桃水＝生年未詳～享和元年（一八〇一）2月。

204　たゞひといろに茶がはやる也　　鯉千

一順下略

鶯のほうとなくにもなみたくみ

205　わらやをつくる初瀬の正月

吸ものにつまみ込たる唐からし　　玉江

飻（こながき）の嫌（きら）ひに白き飯（いゐ）焚（たか）ん

206　身のいやしきをかこつ初瀬女（はつせめ）

返事（かへりごと）おのれめでたき歌よみて　　二柳

ざんぶと水へはいる牛追

207　小初瀬の鐘もきのふの今時分

影ありくとしのび音に泣　　砂文

---

205 三日月集

206 秋風六吟歌仙「夕かほも」二柳＝享保8年（一七二三）〜享和3年（一八〇三）3月28日。

207 関清水

六十に何の事なく手の届き

208 初瀬まうての供を笑はれ　桜左

帯にまでつゝめと腹のふくらかに

祭見の酔に秋をもなかるらん

209 左にたつ田右に小泊瀬　千子

雛はしめ千もとの花をつくらせて

雀は踊るうぐひすはなく

210 春風のはつせの縄を引はらせ　鶴老

上手にならす昼飯の貝

皆並べきぬた始の酒汲ん

211 紙燭序に祈るはせ（初瀬）山　其翠（其秋）

---

208 ひなた路

209 鳴門海松

210 我春集

211 遺墨「一夜酢」

行雲のなまめく唄がはやる也
狐をだます入相（いりあひ）のかね（鐘）

212 初瀬（はつせ）川月もきら〳〵澄（すみ）わたり　　成布
落し（おとし）噺（ばなし）のはやる（流光）や〳〵寒（さむ）
つかふひとにぞはしたものある

213 初瀬路やおなしやどりの中へたて　　故法音院入道
花曇あゆみ労（つか）る〳〵ばかりなり

214 雉子ほろ〳〵と泊瀬の山越　　月居
兄（このかみ）の僧に逢たり春の暮
蜻蛉（とんぼう）をあだなりと見る時もあり

215 かべもたゝみも秋の長谷寺　　心非

---

212 高井野紫門人春耕筆録「ふくろう」歌仙。

213 連歌茶談続編

214 続暁烏集
月居＝宝暦6年（一七五六）～文政7年（一八二四）9月15日。

215 俳諧鼠道行
心非＝明和3年（一七六六）～文政8年（一八二五）10月11日。

雨あがりきざみ薬を呼あるき

前句の末の五文字を。付句の枕詞にしたる句の事

216 はつ勢の川そ岩こえてゆく　無想
ほとなき浪風さはく蜑小舟

217 春におくるゝ初瀬の里並　其成
青畳十畳はかり日の照て
うち連て足利染の花ころも

218 初瀬の御山に餅たてまつる　一茶
さゝ啼の鳥にしたしき静かさは
こそぐればこそぐりかへす面白さ
おどりの後を野心（のごころ）にして

---

216 連歌百談

217 山水行
其成（菊舎太兵衛）＝宝暦6年（一七五六）～没年未詳。文政9年（一八二六）生存。

218 遺篇（茶翁聯句集）
一茶＝宝暦13年（一七六三）5月5日～文政10年（一八二七）11月19日。

219 吹(ふく)あらし垣に結(ゆい)こむ初瀬山
遊びがちなる左甚五郎
同

まつり(祭)の初日橋(はつひはし)にはるなり

220 初瀬(はつせ)女(め)が初瀬(はせ)の入口指(ゆび)さして
けふ(今日)も忍びのミや(宮)の御馬(おんうま)
同

局(つぼね)の泪(なみだ)ほねをとくらん

221 御灯(みあかし)を初瀬(はせ)の御山(おやま)につきつけて
追儺(ついな)の宵のあらし凩(こがらし)
同

月影や御所の御ふるの茶の袷

222 泊瀬の山霧櫻井の秋
摺小木も引板の相手に成果て
同

---

219 三韓人

220 遺稿「大叺』

221 株番

222 何袋

223　駕籠(かご)の窓から柿値(ね)ぎる也
小(を)初瀬(はつせ)の山を祈(いの)りに雇(やとは)れて
こらえて(堪)ぢつと物い(言)はぬ妻
同

224　雛の貌見る萩のいはひに
小はつせの大鐘聞にいざゝらば
人が安房(阿呆)といふがうれしき
貞印

225　よろつを地味によそち知る妻
初瀬川岩にせかるゝ戀中も
通夜ほの〳〵と顔を見合す
壺天

226　いひぶんはなけれど嫁(よめ)は娵(よめ)ごゝろ
初瀬へ参れば伊勢も見たがる
いたはりて風呂にも入(い)らぬ鼻緒(はなを)摺(ずれ)
西谷富水

223梅塵抄録本『遺篇』

224株番

225誹諧手引種
壺天＝生没年未詳。文政・天保（一八一八～三〇）頃の人。

226俳諧開化集
西谷富水＝天保元年（一八三〇）～明治18年（一八八五）10月24日。

和歌

後嵯峨院

1　初瀬川（はつせがわ）くめどたまらぬ水車（みずぐるま）とにかくにまぎれやすきは市（いち）の中

藤原光俊（真観）

花未開

2　みれば又桜ははなにこもり江のはつせのおくはたえのしら雲

頓阿

3　ながめこしはなより雪のひとゝせもけふにはつせのいりあひのかね

飛鳥井雅縁

古寺紅葉

4　もみぢ葉を夕日とみてや初瀬山またきにひゞく入相の鐘

今川範政

夕春雨

5　入相の鐘の声さへをもる也山は泊瀬の春のながめに

足利義教

後嵯峨院＝承久2年（一二二〇）2月26日〜文永9年（一二七二）2月17日。

1犬子集

藤原光俊（真観）＝建仁3（一二〇三）〜建治2年（一二七六）6月9日。

2摘題和歌集

頓阿＝正応2年（一二八九）〜応安5年（一三七二）3月13日。

3頓阿法師詠

飛鳥井雅縁＝延文3年（一三五八）〜正長元年（一四二八）10月2日。

4栄雅千首

今川範政＝貞治3年（一三六四）〜永享5年（一四三三）5月27日。

5夏日陪　物社宝前詠百首和歌

足利義教＝明徳5年（一三九四）6月13日〜嘉吉元年（一四四一）6月24日。

6 春月
よもすがら影は霞にこもり江の初瀬のひばら月ぞくもれる
松木宗継

7 祈恋
いのりこし初瀬の山の鐘のねをたがへ〴〵の空にきくらん
尭孝

8 三月尽
くれてゆく春はけふまで初瀬やま入逢のかねやあすもきかまし
忍誓

9 泊瀬山
はつせ山のちの千しほにそまじとや一葉もちらぬ峯のときは木
貞常親王

10 山月
はつせかぜふくやゆつきが下陰にかくれあらはれ月ぞもりくる
厳宝

6新玉津島社三十首和歌
松木宗継＝応永7年（一四〇〇）〜享徳元年（一四五二）12月27日。

7永享十一年石清水社奉納百首
尭孝＝明徳2年（一三九一）〜享徳4年（一四五五）

8尭孝一夜百首
忍誓＝生没年未詳。康正3年（一四五七）生存。

9詠百首和歌
貞常親王＝応永32年（一四二五）12月19日〜文明6年（一四七四）7月3日。

10夏日詠百首応製和歌
厳宝＝生年未詳〜文明13年（一四八一）12月2日。

11　檜雪
初せ山ひばらのかげやいとゞなを雪けながらにくもりそふらん

12　観音
いのる事けふをはつせの鐘の声もろこしまでもきこえこそせめ
足利義尚

13　寄雲花
小初瀬や檜原の梢うづもれてくもに雲そふ花ざかり哉

14　九月尽
秋はゝやはつ瀬の山をながむればけふにつきぬる入あひのこゑ

15　寄藻恋
初せ川ゐでにせかるゝなびきものねたえて人にあはむと思ふな
足利義政

16　檜原霞
ふかみどりたつや霞にこもりえの初瀬の檜原それとしもなし

11・12厳宝准后集

足利義尚＝寛正6年（一四六五）11月23日〜長享3年（一四八九）3月26日。

13著到百首和哥　文明十二年

14・15夏日太神宮社壇同詠百首和歌

足利義政＝永享8年（一四三六）1月2日〜延徳2年（一四九〇）1月7日。

16詠百首和歌　文明四年

17　霧
あらしふくたかねははれて小初瀬や檜原うづもる秋のあさぎり
勧修寺教秀

18
契こそうつろひかはれ泊瀬川人の心の花の形見に
道興

19　山月
はつせ山尾上のひばら数みえてくもらぬ月に秋かぜそふく
姉小路基綱

20　古寺紅葉
初瀬河紅葉の渕を山にみて檜原の霜を鐘にきくころ
飛鳥井雅康

21　峯初雁
みねこゆる雁のすがたはかくらくのはつせの檜ばら声計して
兼載

22
大和なる竜田泊瀬や御室山芳野の山や葛城の山

17一字題哥（百首和哥　文明二年）
勧修寺教秀＝応永33年（一四二六）～明応5年（一四九六）7月11日。
18文明九年七月七日七首歌合
道興＝生年未詳～文亀元年（一五〇一）9月23日。
19詠百首和歌
姉小路基綱＝嘉吉元年（一四四一）～永正元年（一五〇四）4月23日。
20百首　明応五年冬
飛鳥井雅康＝永享8年（一四三六）～永正6年（一五〇九）10月26日。
21入道中納言雅康卿百首
兼載＝享徳元年（一四五二）～永正7年（一五一〇）6月6日。
22兼載名所方角和哥

古寺月

23 をはつせや月はひばらに影ふけてやゝすみのぼる鐘の音かな　尊応

24 うき秋の色に出すやはつせ山入相の鐘にくるゝ檜原は　冷泉政為

25 初瀬めのかざしの梅も紅の裳すそ色めきにほふ春風　冷泉為広(宗清)

26 鐘の音はひばらが底にくもりはてゝ月すみのぼるをはつせの山　肖柏

立春氷

27 山かぜも霞むや春の初瀬河岩間の氷結ぼゝれゆく　東坊城和長

28 人はなほはげしく見ゆる初瀬山かねの御嶽やしゐて祈らん　素純

尊応＝永享4年(一四三二)～永正11年(一五一四)1月4日。

23詠百首和謌

冷泉政為＝文安2年(一四四五)～大永3年(一五二三)9月21日

24侍従大納言家着到百首和歌

冷泉為広(宗清)＝宝徳2年(一四五〇)～大永6年(一五二六)7月23日。

25・26続撰吟抄

肖柏＝嘉吉3年(一四四三)～大永7年(一五二七)4月4日。

27肖柏千首

東坊城和長＝寛正元年(一四六〇)～享禄2年(一五二九)12月20日。

28後柏原院御日次結題

素純＝生年未詳～享禄3年(一五三〇)6月5日。

泊瀬山

29 山かけてみだれにけりなはつせ山手にまく玉の秋の夕露

飛鳥井雅永?

古寺月

30 深(ふけ)てこそ月すみまされはつせ山いかにねよとのかねのひゞきそ

藤中納言

31 小初瀬や峰のひばらの秋の色霧に深むる入相のこゑ

十市遠忠

春曙

32 春うときよその恨やはつせ山谷にさくらの花匂ふなり

33 ながめやるはつせのひばら花咲きてくもりもやらぬ春のあけぼの

尋花

34 尋ばやいづれとくさく春ぞともよし野はつせの花の心を

35 かくらくのはつせのひばらふる雪のくもるをみれば入相の鐘

後奈良院

29素純百番自歌合
飛鳥井雅永=飛鳥井雅永なら生没年未詳だが、長禄2年(一四五八)生存

30続撰吟抄

31千首和歌大神宮法楽
十市遠忠=明応6年(一四九七)~天文14年(一五四五)3月16日。

32十市遠忠百首

33十市遠忠百番自歌合

34・35十市遠忠百五十番自歌合
後奈良院=明応5年(一四九六)12月23日~弘治3年(一五五七)9月5日。

冬暁山

36 はつせ山をのへの鐘も月影もこほりかさなる明かたの霜

古寺花

37 泊瀬寺かれたる枝にさく花のちかひとならはちらしとそ思

藤原公條

山寒水欲水

38 谷風に冬ごもりせんこもり江の泊瀬の水はうすごほりして

快明

花

39 はつせ山花にやかねのなれぬらんにほふこゑするあり明の空

貞敦親王

盛花

40 初せ山杉原が途もみえぬまで開そふはなにこもる比哉

嶺紅葉

41 くもるをもしぐるとみれば初瀬山檜原にふかき嶺の紅葉ば

36続撰吟抄

37続撰吟抄
藤原公條＝文明19年(一四八七)5月21日～永禄6年(一五六三)12月2日

38称名院殿句題百首

39詠百首歌
貞敦親王＝長享2年(一四八八)3月～元亀3年(一五七二)7月25日。

40詠百首倭歌

41・42貞敦親王著到百首和歌草

42 寄山恋
わが思ひ此世のみやと初瀬山いのる契の末もかなしき
覚恕

43 古寺鐘
はつせ山雲もかゝらぬ夕ぐれのあらしにしづむ鐘の声かな
三条西実枝（実澄）

44
初瀬のやゆつきがおくの一むらの檜原にこもる入逢の声
中山親綱

45 古寺鐘
はつせ山たかねは雲にうづもれて檜原にのこる入相のこゑ
冷泉為親

46
小泊瀬やいのるこゝろのあさからぬしるしを見する契ならずや
飛鳥井雅庸

47 河霧
をはつせやまだ夜をのこす朝霧にむせぶ川瀬の音ばかりして

覚恕＝大永元年（一五二一）12月12日～天正2年（一五七四）1月3日。

43詠百首和歌
三条西実枝（実澄）＝永正8年（一五一一）8月4日～天正7年（一五七九）1月24日。

44三光院内府千首和歌
中山親綱＝天文13年（一五四四）11月23日～慶長3年（一五九八）11月28日。

45禁裏御著到
冷泉為親＝天正3年（一五七五）9月28日～慶長15年（一六一〇）7月26日。

46慶長千首和歌
飛鳥井雅庸＝永禄12年（一五六九）10月20日～元和元年（一六一五）12月22日。

47入道大納言雅庸卿百首

48 暮てだに道もたどらず咲く梅の香をとめてこし小泊瀬の里
尊政（尊勢）

古寺秋夕

49 秋ふかき夕は霧にこもりくのはつせの寺のかねのさびしさ
智仁親王

祈逢恋

50 逢までといのりしかひの初瀬川ながれん名にはよともあらなん

梅遠薫

51 初瀬路や里はみえぬも梅が香を霞にもらす山おろしかな

古寺路

52 ひゞきくるかねをしるべにはつせ山くれゆくみちも猶や分まし

53 ひゞきくるかねこそしるべはつせ山寺あるかたのくれてゆくみち

暮春鐘

54 泊瀬山花より後はかねの音のかすむばかりにのこる春哉

55 はつせ山はなより後も春はありとをのれかすめるいりあひの声

48慶長千首和歌
尊政（尊勢）＝永禄6年（一五六三）〜元和2年（一六一六）5月3日。

49〜53智仁親王詠草
智仁親王＝天正7年（一五七九）正月4日〜寛永6年（一六二九）4月7日。

54・55智仁親王詠三十首和歌

初瀬山にのぼりてくれ侍けるに

56 初瀬山のぼればくれつ一夜ねて明ぼのもみん花ざかりかな

雅朝

古寺雪

57 はつせ山みねにも尾にも降つみて雪よりいづる入あひの鐘

烏丸光広

里梅

58 初瀬風なほ吹かへよ三輪の里杉の木のまも梅かほるなり

59 ふたりしていざかたらまし小初瀬やよしのゝ山の花のさかりを

西洞院（平）時慶

夕梅

60 ゆふがすみ立かくせども小泊瀬の里のやどりはしるき梅か香

初遇恋

61 泊瀬山いのるしるしにすみの江のきしにもいまやあひおひのまつ

沢庵

56桂光院宮御道之紀及和歌

雅朝＝天文24年（一五五五）1月17日〜寛永8年（一六三一）1月23日。

57新類題和歌集

烏丸光広＝天正7年（一五七九）4月27日〜寛永15年（一六三八）7月13日。

58御著到百首

59光広卿百首

西洞院（平）時慶＝天文21年（一五五二）11月5日〜寛永16年（一六三九）11月20日。

60百首和歌

61□同詠百首倭哥

沢庵＝天正元年（一五七三）12月1日〜正保2年（一六四五）12月11日。

62 初瀬寺杉の木ずゑもしら雪のふる川野べのくれぞさびしき
冷泉為景

63 霜ふかき夜半にや秋も初せ山尾上の鐘の声かほる也
中院通純

64 初瀬山霜夜のかげもみるばかりおのへの月にすめる秋風
平松時庸

檜原霞

65 初せ山花に先立つ春みえてひばらが上も先霞むなり
園基音

寄山祈恋

66 よそにのみかゝるもつらし逢事はいのる初せの峯のしら雲
岩倉具起

67 初瀬山おのへのくもはへだてゝもたゞこゝもとに鐘はきこえて
飛鳥井雅直

68 くもるてふ檜原もつらしはつせ山尾上の鐘は月にすむ夜に

62沢庵和尚詠草
冷泉為景＝慶長17年（一六一二）4月26日～慶安5年（一六五二）3月15日。

63冷泉為景朝臣歌集
中院通純＝慶長17年（一六一二）8月28日～承応2年（一六五三）4月8日。

64新明題和歌集
平松時庸＝慶長4年（一五九九）4月28日～承応3年（一六五四）7月12日。

65部類現葉和歌集

66後水尾院　聖廟御法楽
岩倉具起＝慶長6年（一六〇一）6月14日～万治3年（一六六〇）2月6日。

67・68新類題和歌集
飛鳥井雅直＝寛永12年（一六三五）12月4日～寛文2年（一六六二）9月9日

69 入相の声のうちより初瀬山かすみにいそぐ鳥ぞくれゆく
智忠親王（桂宮穏仁親王）

70 初瀬山あけ行まゝにほのぐと一すじ花の残すよこ雲
蜂須賀光隆

古寺雪

71 降りつもる雪の光に初瀬山尾上のかねのこゑも寒けし

72 今日も又あとなき波の海士小舟（あまをぶね）はつせの鐘のこゑばかりして
烏丸資慶

雪夕聞鐘

73 鐘の音は麓にくれてはつせ山檜原くもらぬみねのしら雲

新院月次二月

74 いのりこし我あふせぞとはつせ川はやくのことも今やかたらん
道晃親王

75 初瀬山祈るしるしはあらしふく尾上の松を人のこころに

76 はつせ山入あひのかねの声ながら花は夕をのこす色哉

智忠親王（桂宮穏仁親王）＝元和5年（一六一九）11月1日〜寛文2年（一六六二）7月7日。
69万治御点
蜂須賀光隆＝寛永7年（一六三〇）10月13日〜寛文6年（一六六六）5月27日。
70・71里蛩集
烏丸資慶＝元和8年（一六二二）5月11日〜寛文9年（一六六九）11月28日。
72万治御点
73・74烏丸資慶歌集
道晃親王＝慶長17年（一六一二）10月12日〜延宝7年（一六七九）6月18日。
75万治御点
76新題林和歌集

秋古寺

77 夕日さすもみぢを分る入相のかねに色ある小初瀬のやま

飛鳥井雅章

雪散風

78 初せ山谷ふきのぼる風みえて空に程ふる雪もこそあれ

古寺夕花

79 初せ山日も入あひのかねの音にちりても花の色はのこらず

檜雪

80 はつせ山ひばらも雪に埋れて空にさえたるかねのおとかな

寄杉恋

81 行末に又もあひみん初せ川名にながれたるふたもとのすぎ

寄檜恋

82 つれなきを祈るかひなき初せ山くもるひばらをおもかげにして

岡本宗好

飛鳥井雅章＝慶長16年（一六一一）3月1日～延宝7年（一六七九）10月12日。

77・78雅章卿御詠

79雅章卿和歌

80～82雅章卿千首

岡本宗好＝生年未詳～延宝9年（一六八一）4月16日。

檜原霞

83 そことなく檜原くもりて初瀬山霞尾上の入相の鐘

84 初瀬山幾重霞て暮かゝる檜原にひゞく入相の鐘

梅風

85 はつせ山梅か香おくる春風ははげしけれどもいとふともなし

夕花

86 うかりけり暮ぬとつけて初瀬山さくらにひゞく入相の鐘

峯花

87 初瀬山峯よりつゞく花の色のくれぬにひゞく入相の鐘

小笠原（源）長勝

88 春の夜の霞の底にこもり江の初せはふかき明ぼのゝ空

89 鐘の声も曇るばかりに初瀬山夕暮ふかき檜原松ばら

後西天皇

90 いたづらに我が身もかくやはつせ山けふの日も又入あひのこゑ

91 しら雲に松もひばらもこもり江の初せの山ぞ花に明行

83〜87露底集

小笠原（源）長勝＝正保3年（一六四六）9月25日〜天和2年（一六八二）12月2日。

88・89内匠守源長勝集

後西天皇＝寛永14年（一六三七）11月16日〜貞享2年（一六八五）2月22日。

90万治御点

91・92新題林和歌集

92 たが祈り又かくらくのはつせ風よそのみしめにあやなゝびかは
内藤義概

雪の哥の中に

93 はつ瀬山入相のかねはひゞけども尾上の雪にくれぞのこれる
親弘（井関弥右衛門）

94 小はつせの山のさくらをたちかくす霞そ空に匂ふころかな
正盛（橘や三郎兵衛）

花の頃はつせにもうてゝ

95 はつせ山をのへの花のさかりにはかさゝぬ袖も匂ふはるかせ
白川雅喬

96 よそにてもあはれしれとや初せ山夕（ゆふべ）をかねのおどろかすらむ
烏丸光雄

97 くもりなくひ原かきりにもれくるや初瀬の寺の入相の音
幸仁親王

98 おき出てつばきの市女さはぐ也あくる初瀬のかねのひゞきに

内藤義概＝元和5年（一六一九）9月15日〜貞享2年（一六八五）9月19日。

93むらさき

94・95歌林尾花集

白川雅喬＝元和6年（一六二〇）12月26日〜元禄元年（一六八八）10月15日。

96万治御点

烏丸光雄＝正保4年（一六四七）3月12日〜元禄3年（一六九〇）10月17日。

97部類現葉和歌集

幸仁親王＝明暦2年（一六五六）3月15日〜元禄12年（一六九九）7月25日。

98新題林和歌集

磯田正隆

古寺鐘

99 初瀬山たくふ檜原の嵐にもこゑはくもらぬ明ほのゝかね

井上道遠

寄杉恋

100 初瀬河たゝ一すちに契りては名を聞もうし二もとの杉

正輔（丹羽富右衛門）

暁花

101 初せ山匂ふ嵐もかすむ夜の花にかたふくあり明の月

嘯月

古寺花

102 初瀬山をのへの鐘もこゝろせよあかぬ詠の花のゆふくれ

義峯（大田平左衛門）

山路夕といふ事を

103 初瀬山はなにはちかき道なからなかはのほらて入相の声

---

99 三翁和歌永言集

100 清地草

101～103 新歌さゝれ石

古寺月　　読人不知

104 初瀬山檜原かおくの月影を尾上のかねに澄してそみる　長久

古寺鐘

105 初瀬山つたふ檜原の嵐にも音はくもらぬ入逢のかね　大炊御門経光

106 をはつせや寺は霞の奥ふかく声かすかなる入相のかね　伊藤仁斎

最勝四天王院障子名所和歌四十六首の内　初瀬山

107 をはつせや杉の庵の秋の雨に空より落る鐘の一声　田付直平

108 はつせ山あらしのかねのこゑもうし尾上の春のはなのゆふぐれ　橘忠能

104・105 和歌継塵集

106 部類現葉和歌集

大炊御門経光＝寛永15年(一六三八)8月8日～宝永元年(一七〇四)9月6日。

伊藤仁斎＝寛永4年(一六二七)7月20日～宝永2年(一七〇五)3月12日。

107 古学先生和歌集

108 若むらさき

橘忠能＝寛永6年(一六二九)～宝永4年(一七〇七)5月28日。

中院道茂卿の御許へ読て奉りける哥の中に名所落葉といふ事を

109 初せ山木々の紅葉はかつちりて檜原に残る夕嵐かな

雪朝聞法といふ事をよみはへる

110 初瀬山雪に嵐はしつまりて今朝しも法の声そ妙なる

清水谷実業

古寺月

111 はつせ山をのへのあらし月ふけてそらにいざよふ雲も残らず

古寺鐘

112 夕ぐれの春にぞかすむはつせ山さえし霜よの鐘のひゞきも

万里小路淳房

待花日暮

113 かねの音もひばらにくれて初せ山またしら雲のはなは匂はず

一凍法師

初瀬にまうてける夕つかた霞ふかく花もあやなく見え侍らねはよみ侍る

114 初せ山花をしへたつかけ分て霞吹とけはるの夕風

109・110細江草

清水谷実業＝慶安元年（一六四八）3月4日～宝永六年（一七〇九）9月10日

111太神宮御法楽千首和歌（元禄千首和歌）

112・113新題林和歌集

万里小路淳房＝承応元年（一六五二）12月27日～宝永6年（一七〇九）11月10日。

114～116細江草

115 はつせぢやむかしわすれすやとりせし里のしるへに匂ふ梅か香
平田範英

古寺鐘
下山庸久

116 初瀬山哀もふかし麓まて嵐におつる入相のかね
中院通茂（前源大納言）

寄河恋

117 末つゐにあふせもあらばはつせ河そでにゐでこす波もいとはじ

山寺春鐘

118 入あひのこゑははつせの山のはに花のひかりぞ夜をもいそがぬ
119 いつとなき檜原にふくもはつせ山初秋しるきけさの朝かぜ

雪中聞鐘

120 うづもれぬ鐘のひゞきもふりくらす雪のそこなるをはつせの山
121 この夕いざよふみねの雲わけてたがながめとふをはつせのかね
122 初瀬山花の梢をつたひきてあらしにかほる入相のかね

中院通茂（前源大納言）＝寛永8年（一六三一）4月13日～宝永7年（一七一〇）3月21日。
117内侍所御法楽千首和歌（貞享千首和歌）
118～121新類題和歌集
122～124部類現葉和歌集

123 のこる日も程なくくるゝ初瀬山ひばらにしづむ入相の鐘

124 かねの音ぞ雲にいざよふ初せ山今やひばらの奥も暮ぬる
保春

古寺花

125 初瀬山入相の声も咲つゞく花のうちなる春の夕ぐれ
石井行豊

古寺花

126 小初瀬やはるもはげしき山おろしはなにふけとはたれかいのらむ
俊景

127 をはつせやをのへの嵐さよ更て月こそひゞく鐘もこもらず
通続

128 はつせ山くるゝひばらの夕あらしさそふもさびし入相のかね
順光

129 初せ山月もかたぶく尾上より明方近きかねひゞく也
雅光

---

125 新明題和歌集
石井行豊＝承応2年（一六五三）5月22日～正徳3年（一七一三）2月13日。

126 太神宮御法楽千首和歌（元禄千首和歌）

127～130 部類現葉和歌集

130 初せ山日かげは残るをのへよりくれぬと告るかねの声哉
半田重遠

古寺花

131 鐘の音も霞のうちにこもりくの初せの花のあかぬ夕ばへ
源高門

故郷梅

132 小初瀬やふるき軒はの昔をも忍ふの霧に匂ふ梅かゝ
冷泉為綱

133 初瀬山ひばらがおくもくもりなく尾上の鐘にいづる月かげ
風早公長

134 すむ月のかげこそもらね初瀬寺ひばらも鐘も音は隔す
九条輔実

古寺雪

135 松にふくあらしの音もこもりくのはつせの寺ぞ雪にしづけき
武者小路公野

---

131 同門和歌百首案

132 三翁和歌永言集

冷泉為綱＝寛文4年（一六六四）5月25日～享保7年（一七二二）3月6日。

133 新題林和歌集

風早公長＝寛文6年（一六六六）～享保8年（一七二三）1月28日。

134 新後明題和歌集

135 太神宮御法楽千首和歌（元禄千首和歌）

古寺花

136 初瀬山嵐や花に吹まぜてかほるふもとの入相のかね　武田元雄

紅葉

137 初瀬山秋のにしきの数〳〵にうつれは春も忘れかほなる　新口英慶

暁落葉

138 初瀬山尾上の鐘に紅葉はのちりかひくもるあり明の空　知海

暁尋花

139 初瀬山檜原にかゝる白雲を花かとたとるあけほのゝ空　織田信朝

古寺鐘

140 をはつせや檜原が奥の鐘の音をふもとにおくる山おろしの風

141 初瀬山ひばらがくまはあけやらで尾上にひゞく暁のかね

136法皇御所勅撰千首和歌（享保千首）

137～139新歌玉匣

140・141水月詠藻

冷泉為久

寄寺恋

142 深き海のみるめやかると海士小舟初瀬の寺をさしていそがん

143 さく梅のやどりさだかにしるべせよはつせの里ににほふはつかぜ

144 初せ山花のしら雲立そひてふしみのくれににほふはる風

145 はつせ山夕日の雲の一むらや檜原がうへの秋のいろなる

146 うき中はあはでや終にはつせ河かはべに立てる二本の杉

147 はつせ風さそへばよるの梅が香にとはぬやどりもさだかにぞしる

148 こもりくの初せの山は雪つもる檜原かおくの名に社有けれ

三輪執斎

霞隔遠樹

149 をはつせやひばらにあらぬこずゑまで霞にくもるはるの遠山

三条西公福

150 はつせ山けさふきのほる谷風やひはらに秋の声を立らん

久世通夏

冷泉為久＝貞享3年（一六八六）1月11日～寛保元年（一七四一）8月29日。

142法皇御所勅撰千首和歌（享保千首）

143～147為久卿御詠

148新続題林和歌集

三輪執斎＝寛文9年（一六六九）～寛保4年（一七四四）正月25日。

149執斎和歌集

三条西公福＝元禄10年（一六九七）11月17日～延享2年（一七四五）9月17日。

150新続類林和歌集

久世通夏＝寛文10年（一六七〇）6月23日～延享4年（一七四七）9月23日。

檜原雪

151 鐘の音も雪より出て夕あらし檜原に寒きをはつせの山

烏丸光栄

古寺花

152 初瀬山さかりの色はくれやらで花におどろく入相のかね

古寺紅葉

153 はつ瀬山くるゝにくれぬもみぢ葉の色もつけゝる入あひのかね

朝尋霞外寺

154 鐘のをとは今朝も霞にこもりくのはつせの山路たどる行末

古寺雪

155 初せ山雪のふゞきのさそひきてきくもみにしむ入あひのこえ

春鐘

156 くれふかき霞のおくにこもりくのはつせのかねのほのかなる声

157 泊瀬山をのへの鐘に音にだにめにみぬ秋のおどろかれぬる

158 けふよりの秋をしらせてはつせ山おのへのかねの音もさびしき

---

151 法皇御所勅撰千首和歌(享保千首)烏丸光栄＝元禄2年(一六八九)8月3日～延享5年(一七四八)3月14日。

152～156 栄葉和歌集

157・158 烏丸光栄日野暉光著到百首

村井白扇

159 初瀬山

こもりくのはつせの山ははれながらいかにふしみの暮の八重霧

矢部正子

160 春来ればたえず心にかゝりけりよしのはつせの花のしらくも

建部綾足

161 磐枝ぬしはつ瀬よりむかへ女よび給ふに

いにしへのさかしきひともこもりくの泊瀬をとめに妻どひしける

涌蓮（慧亮）

162 契りても人の心やはつせ山ふけゆくかねもよそにきくらむ

163 追分といふ所をいで初瀬にまうず

きてみればけふをはつせの山桜檜原にまじる色も珍らし

冷泉為村

164 思ひやる心や花にそひて立つ泊瀬(はつせ)の霞(かすみ)みよし野の雲

加藤枝直

村井白扇＝享保3年（一七一八）―明和5年（一七六八）6月4日。

159 村井白扇詠草

矢部正子＝延享2年（一七四五）～安永2年（一七七三）。

160 矢部正子小集

建部綾足＝享保4年（一七一九）～安永3年（一七七四）3月18日。

161 建部綾足家集

涌蓮（慧亮）＝享保4年（一七一九）～安永3年（一七七四）5月28日。

162・163 獅子巌和歌集

冷泉為村＝正徳2年（一七一二）1月28日～安永3年（一七七四）7月28日。

164 樵夫問答

加藤枝直＝元禄5年（一六九二）12月1日～天明5年（一七八五）8月10日。

渋谷の長谷寺へまかりしにもみぢ盛りなりければ

165 露しぐれいつか染めけむ蜑小舟こゝも初瀬の山ぞこがるゝ

祐厳法師

166 初瀬山もろこしかけててる月を仰がざらめや秋つ世の人

牧野路子

古寺のはな

167 けふはまたいろ香もふかくこもりくのはつせの山にさけるはつ花

168 小はつ瀬や色かにあかぬ花のかけに日も入相のかねぞつれなき

169 祈るにはつらき人もと聞くからにあふせをたのむ小はつせの河

170 古寺もみのりの花もひらくらし木々のさくらのいろぞたへなる

171 はつ瀬山峯のさくらぎたてながらこれぞ仏のた向なるらん

本居宣長

172 初瀬川はやくの世より流れ来て名に立ち渡る瀬〻の岩波

173 名も高く初瀬の寺のかねてより聞き来し音を今ぞ聞ける

174 二本の過ぎつる道に帰り来てふる川の辺を又もあひ見つ

165東歌。詞書きに「渋谷」とあるが下の句に「初瀬の山ぞこがるる」とあるので、参考にはせず。

祐厳法師＝正徳元年（一七一一）〜天明6年（一七八六）八月二日）

166豊山長谷寺

牧野路子＝享保15年（一七三〇）〜寛政6年（一七九四）9月10日。

167〜171花かつみ歌集

本居宣長＝享保15年（一七三〇）5月7日〜享和元年（一八〇一）9月29日。

172〜174菅笠日記

上田秋成

175 はつせ山をのへさかりのふもと寺春を過せし陰もみえけり
176 いのらぬも祈るも春の初瀬やま道さりあへぬ華のこの頃
177 はつせ山麓の里の中川のさゞれをこゆる花の白浪
178 咲く花にいはゞし高き初瀬寺けふをおそしと人のまうづる
179 さくら咲く初せの山のふもと寺春を過せし陰もみえけり
180 小初瀬の花も御てらも峯むかひに夜は山鳥のねぐらしむらん
181 はつせ山をのへ花さく山口に老木のさくら今は散にき
182 ちる華ははや瀬の浪に流あひて雨おもしろき初せの山郷
183 此春はおもひたちしを雨つゝみ泊瀬よしのに我は日を経る
184 はつせ風いたく吹く日はさみだれのふるのたか梯人もかよはず
185 ひと夜こもる初瀬の寺の暁にねがふほかなるほとゝぎすかな

冷泉為泰

鐘声幽

186 はつせ山花のほかなるゆふかすみほのかにひゝく入あひの鐘

上田秋成＝享保19年（一七三四）〜文化6年（一八〇九）6月27日。
175秋の雲
176・177桜花七十章
178秋の雲
179秋成歌反故
180・181毎月集
182・183春雨梅花歌文集
184片うた
185「初瀬詣」初秋。
冷泉為泰＝享保20年（一七三五）12月6日〜文化13年（一八一六）4月7日。
186新続題林和歌集

塙保己一

夕立雲

187 雲とぢて照る日もしばしかくらくのはつせ路遠くきほふ夕立

暮秋

188 長月の日数もいつかはつせ寺入相の鐘に秋ぞ暮れゆく

冷泉為章

189 初せ山花のよそめにふるつみて檜原がおくの雪ぞ木ふかき

本居春庭

190 よる〳〵は思ひこがれてあまを舟はつ瀬の川にとぶ蛍かな

菅沼斐雄

寄悲恋

191 はつせ山もゆる檜ばらの朝霞立そふものはうきななりけり

田能村竹田

192 千代に猶かげさしそはれ行末を大はつせ路のみゝ枝つきの木

岩崎美隆

塙保己一＝延享3年（一七四六）5月5日～文政4年（一八二一）9月12日

187・188松山集

冷泉為章＝宝暦2年（一七五二）4月27日～文政5年（一八二二）3月19日。

189寛政歌会

本居春庭＝宝暦13年（一七六三）2月3日～文政11年（一八二八）11月7日。

190後鈴屋集

菅沼斐雄＝天明6年（一七八六）～天保5年（一八三四）8月25日。

191菅沼斐雄家集

田能村竹田＝安永6年（一七七七）6月10日～天保6年（一八三四）8月29日。

192屠赤瑣瑣録

岩崎美隆＝文化元年（一八〇四）～弘化4年（一八四七）7月16日。

祈逢恋

193 初瀬山はげしきおとも心あひの風やはらかに吹きかはりけり

尋花

194 心あひの風も吹きけり初瀬山はげしとのみはなどかこちけん

雉子

195 初瀬山ゆつきがもとの花づまはいつをまてとか枝にこもれる

山茶花

196 小初瀬のゆつきがもとのこもりつまありとやここに雉子なくらし

197 風すさぶ檜原は雨のこゑながらはなの雪ちる小初瀬の山

細木庵常

正月三日、見二飛雪一作歌一首幷短歌

198 物部河　流れて出づる　水上に　列並め立てる　村山の　高嶺
を去らず　気並べて　見えつる雲は　此朝開　風のまに〳〵
をちこちに　立ちほびこりて　さにづらふ　紐鏡野の　玉櫛笥
奥がも見えず　おほゝしく　覆ひ軽曳き　こもりくの　泊瀬処

193〜197杠園詠草

細木庵常＝安永9年（一七八〇）〜嘉永元年（一八四八）11月23日。

198・199桜根歌集

女に　木綿花を　織りか開かせし　足曳の　山下耀り　桜花
飛びか散れると　諸人の　見まがふまでに　沫雪の　しく〳〵
零れば　金戸田に　友喚び交す　芦鶴は　さやに見えねど　彼
此に　うずすまるらし　安寝よし　起きてころくと　鳴立てゝ
翔る鴉の　翅のみ　黒くぞ見ゆる　里の子が　往き来衢も　吾
宿の　島の木立も　栲の穂に　にほひ渡りて　未だ見ぬ　国に
か成けむ　しきりに　降積む雪は　見れど飽かぬかも

反歌

199 沫雪の零りしく見れば春立てどまだ袖寒き此朝開かも

千種有功

200 みよし野はまだ雪深し初瀬路の梅の盛りに日をかさねてむ

足代弘訓

201 みよしのはいつまでゆきのふるさとぞならも初瀬もかすむ春日に

井上文雄

202 ねぎ事のまゝの社に祈りみむ三輪も初瀬も今はうけねば

千種有功＝寛政8年（一七九六）11月9日〜嘉永7年（一八五四）8月28日。
200 千々廼屋集

足代弘訓＝天明4年（一七八四）11月26日〜安政3年（一八五六）11月5日。
201 寛居足代大人歌集

井上文雄＝寛政12年（一八〇〇）〜明治4年（一八七一）11月18日。
202 調鶴集

203 天がけるかひのくろ駒えてしがな吉野初瀬を時の間に見む
幽真

204 わがこゝろ吉野初瀬にうかれでて宿はぬしなき故郷の春
荒川時子

山春雨

205 初せ山檜はらかすみて入相の声うちしめる春雨の宮
静寛院宮

秋檜

206 入相のかねのひゞきかはつ瀬山みねのひばらをはらふ秋かぜ
市村章

207 またれつる花や咲けん初瀬山檜原がおくにかゝる白雲
幻翁

208 いのれども初瀬の檜原三輪の杉つれなき色はかはらざりけり
佐々木安子

幽真＝文化9年（一八一二）～明治9年（一八七六）11月5日。
203・204空谷伝声
205明治歌集
静寛院宮＝弘化3年（一八四六）5月10日～明治12年（一八七九）9月2日。
206静寛院宮御詠草
207～209明治開花和歌集

春古寺

209 初瀬寺ふりし軒のはの梅ちりてふかみ草こそ今盛なれ

高畠式部

古寺鐘

210 ふみ迷ふやみ路をてらせ初瀬やま檜原の奥のともし火の影

山晩霞

211 くれかねて春の夕は初瀬山霞をわたる入相の鐘

暮山花

212 花のかに埋れはてゝ初瀬山おぼろにひゞく入相の鐘

谷余花

213 花をみる□□□いへともさえかへり初瀬の谷は氷とちけり

進淑子

水辺卯花

214 初瀬川おとなき浪とみえつるはきしのうの花咲るなりけり

松平巽嶽（茂昭）

高畠式部＝天明5年（一七八五）～明治14年（一八八一）5月28日。

210 麦の舎集

211～213 日々詠草

214 女子穎才集

松平茂昭＝天保7年（一八三六）8月7日～明治23年（一八九〇）7月25日。

215 山寺鐘
夕まぐれ初瀬の山のかねの音は只つれ〳〵と物ぞかなしき
松平慶永

216 春鐘
泊瀬山花さくころは明告る鐘のひゞきものとけかりけり
間宮八十子

217 名処梅
はつせめが袖さむからぬ春風にひばら霞みて梅さきにけり

218 古寺夕
山にても猶うかりけりはつせ寺このゆふ暮をいかにしてまし

219 思故郷
朝くらき遠きむかしにはつせ風人のこゝろやさそひ行けむ
内田千代多

220 秋夕情
なべて世の秋の哀もこもりくやはつせの寺の入相のかね

---

215 巽岳歌集
松平慶永＝文政11年（一八二八）9月2日～明治23年（一八九〇）6月2日。

216 春嶽遺稿
間宮八十子＝文政6年（一八二三）6月23日～明治24年（一八九一）2月19日。

217～219 松の志づ枝
内田千代多＝天保2年（一八三一）3月6日～明治27年（一八九四）8月18日。

220 千代多歌集

樋口一葉

221 入相のかねより月になりゆきてしづかにふくる小泊瀬(をとませ)の山

222 たちわたる朝霧はれて初瀬山ひばらの奥にみゆるもみぢ葉

223 入相のかねよりのちは初瀬山あらしのほかの音なかりけり

税所敦子

深山残花

224 初瀬山ひばらが奥をきてみれば風にしられぬ花もありけり

正岡子規

はつ瀬山

225 月影もやどさじとてや袖の露はらふはつせの山颪かな

三浦千春

隔水看花

226 初瀬川早瀬をわたす船もあらばむかひの峰の花も見て来む

愚庵

泊瀬寺の道にて逢ひたる女に、朝倉の宮居の跡を尋ねたるに、

樋口一葉＝明治5年(一八七二)3月25日〜明治29年(一八九六)11月23日。

221 詠草5―28

222 詠草25―180

223 詠草5―154

税所敦子＝文政8年(一八二五)3月6日〜明治33年(一九〇〇)2月4日。

224 御垣の下草上

正岡子規＝慶応3年(一八六七)9月17日〜明治35年(一九〇二)9月19日。

225 竹之里歌拾遺

三浦千春＝文政11年(一八二八)正月17日〜明治36年(一九〇三)11月29日。

226 萩園歌集

愚庵＝安政元年(一八六四)〜明治37年(一九〇四)正月17日。

知らざりければ、祐孝

227 こもりくの泊瀬少女はふぐし持ち立ちては居れど宮居知らなく

とありければ女に代りて

228 秋風の吹きにし日より草枕旅寝の床は露けからまし

祐孝又

229 草枕旅にしあれど玉くしげふたりし寝れば露けくもなし

再び女にかはりて

230 暮野ゆき何を旅寝にまきむくの山

祐孝

231 早ゆきて妹が袂をまきむくの山

帰るるさに

232 やまとの国は忘らえなくに

といひければ祐孝上を

233 山川を清みさやけみ蜻蛉島（あきつしま）

とぞ付けたりける

227〜233愚庵詠草。この「こもりくの」の歌から「山川の」の歌までで一連の話になっている。

大和田建樹

長谷寺に詣でゝ

234 我身さへほとけさびても見ゆる哉松風かをる長谷の古寺

初瀬にて

235 初瀬川たえ〲かくす朝霧はあはれきのふのゆめの面影

吉岡堅太郎

236 金色の佛に見たる薄明り長谷の御堂に秋の風漏る

中島歌子

山寺子規

237 こもりくのはつせの山の子規（ほととぎす）よにつみふかくこゑなをしみそ

森園知子

長谷寺

238 長谷寺のながき階段（きざはし）昇りつくしつくづくと見る山の紅葉を

239 長谷寺のながき廻廊どの柱もどの柱もみな蟲喰ひ柱

奥山健三

大和田建樹＝安政4年（一八五七）4月29日～明治43年（一九一〇）10月1日。

234・335大和田建樹歌集

236紙の屑

中島歌子＝弘化元年（一八四四）～明治36年（一九〇三）正月30日。

237萩のしづく

238・239あしかひ年刊歌集。昭和十一年版

奥山健三＝大正元年（一九一二）～昭和13年（一九三七）5月28日。

長谷寺

240 吹きすぐる長谷の山風はげしくてただ見る限りは枯草の揺れ

241 長谷の山黛(くろ)く立ちたり朝霜の日かげはいまだ裾に及ばず

前田夕暮

242 あひゆくや鐘の音かすむ初瀬山よしのよわきを梅川侘びぬ

釈迢空

243 おもひでの家はつぎ〳〵亡びゆく長谷の寺のみさやはなげかむ

「大和初瀬寺炎上」

244 春寒の夜あけの鐘や梅が香に牛車きしりぬ闇の泊瀬路

吉井勇

245 あめつちの生れし時のとどろきと山峡にゐていかづちを聴く

246 打ち納め山を下れば曼陀羅のごとくかかれり夕空の虹

尾山篤二郎

初瀬道

247 隠口(こもりく)の豊初瀬路(とよはつせぢ)は常滑(とこなめ)のかしこき道ときゝて来にけり

240・241奥山健三遺文集

前田夕暮＝明治16年（一八八三）7月27日〜昭和26年（一九五一）4月20日。

242新頌

釈迢空＝明治20年（一八八七）2月11日〜昭和28年（一九五三）9月3日。

243海やまのあひだ

244和歌拾遺・明治三十九年

吉井勇＝明治19年（一八八六）10月8日〜昭和35年（一九六〇）11月19日。

245・246「長谷詣」

尾山篤二郎＝明治22年（一八八九）12月15日〜昭和38年（一九六三）6月23日。

247〜253まんじゆさげ

248 大和路（やまとぢ）にかしこき道は多かれど豊初瀬路（とよはつせぢ）ぞ聞きのよろしき

249 音に聞く豊初瀬川（とよはつせがは）今日見ればいさゝかの水ながれたりけり

夜長谷寺に詣づ

250 三室山（みもろやま）いかくひつゝ見えねどもこの夕べ空に四日（よか）の月冴ゆ

251 長谷寺の石の廻廊（わたどの）ふみのぼるおのが足音（あのと）はおのれききけり

252 夜（よ）くだちて星照るほどをこの寺の高き舞台に虫のなくきく

253 みたらしの水音きけば己が世に初めて来ける長谷の寺かも

五日初瀬に泊り、六日室生寺にゆく。

254 一夜ねて朝眼にしむる若葉影上より初瀬の早川を見る

255 初瀬川たぎつ岩間に影映す八重山吹はやさしかりけり

佐佐木信綱

256 後の世を共にいのりし長谷寺の入相のひゞきひとり聴くらむ

川田順

長谷寺一夜

257 こもりくの豊初瀬寺（とよはつせでら）まうのぼるこの小夜（さよ）更けを川音（かはと）高しも

254・255平明調

佐佐木信綱＝明治5年（一八七二）6月3日〜昭和38年（一九六三）12月2日。

256おもひ草

川田順＝明治15年（一八八二）正月15日〜昭和41年（一九六六）1月22日。

257〜260山海経

258 廻廊(くわいらう)のくらき奥所(おくど)ゆ下(お)りて来る僧の足音(あのと)しつこの夜深しも
259 足曳(あしびき)の山の夜ふけをまさやかに岩つたふ清水(しみず)したたるきこゆ
260 天(あま)の川(がは)ながれ傾き山寺の庇(ひさし)のそらのふけにけるかも

西川林之助

旅より

261 三輪山を向ふに流るはつせ川川瀬の蛙あまたしきなく（初瀬詣で）

中河幹子

南無観世音菩薩　十一月五日、萬葉歌碑の除幕式櫻井市大神神社にてあり、夫とともに参列するとて前日より井谷屋に泊る

262 長谷寺の廻廊の前にしばらくは嘆きつつたち登るとはせぬ
263 登廊の趣向いにしへの誰と知らず嘆きてをのみ仰ぐいくたび
264 あかときの初瀬の山寺(さんじ)冷え冷えと寒牡丹の花芽清く青める
265 寒ざくらしろく咲きたるによりゆきて互の呼吸(いき)も聞ゆるしじま
266 朝日ささぬ寺の舞臺に天照らす母なる神の喜與山を拝む
267 わが國の長谷観音に祈りして唐(から)の馬頭(めご)夫人美貌にならせし

西川林之助＝明治36年（一九〇三）〜昭和51年（一九七六）

261 鶉

中河幹子＝明治30年（一八九七）7月30日〜昭和55年（一九八〇）10月26日。

262〜268『悲母』「昭和四十七年」

268 美貌には縁なき衆生も南無観世音せめて凡愚の頭脳に光を

長谷観音

269 牡丹散りうち亂れたる花瓣まだ色鮮しくいたいたしさは
270 一山の牡丹散り果てて惨憺たるおもひに長谷の廻廊のぼる
271 いにしへの人は信仰厚かりし今長谷寺へ牡丹見にゆく
272 牡丹見てついでに観音に手を合はす凡愚にわけて慈眼向けさす
273 願ひごとかなふと聞きてあらためて観音に深く頭下(ず)ぐる人
274 人間の願ひ小さくそれをしもあはれみ給ふらん観世音菩薩

松村英一

初瀬にて

275 古風なる宿引き女先にたつ停車場通りまだほめきあり
276 提灯のほかげがうごく道の上ほこりが立てり照りつづきにて
277 夜の闇にめなれて来ればせせらげる川の瀬の石人踏めり見ゆ
278 二階よりみおろす裏は初瀬川火を吊りさげてあさる人あり
279 人が振る火に照らされし一ところ泡立つ水が白じろとみゆ

269〜274『悲母』「昭和三十七年」

松村英一＝明治22年（一八八九）12月31日〜昭和56年（一九八一）2月25日。

275〜279荒布

保田與重郎

280 小泊瀬(ヲハツセ)は時雨ふるらし二上(フタガミ)のこのゆふばえのことに美し

辰巳利文

小林正盛大僧正

281 香たちてしづもりいます大徳のやゝしろく見ゆみ眉のたふとき

佐藤佐太郎

長谷寺

282 牡丹照る長谷寺に来てさいはひの一日(ヒトヒ)に集(つど)ふおもひこそすれ

283 さわがしく人みちみつる長谷寺にゆく春の花かがやきやまず

284 眉と頬ひかる長谷寺の観世音くらき御堂のなかに立たせり

前川佐美雄

長谷寺

285 ほのぐらき御堂内陣(みだうないぢん)に藤なみのたををなるをささげ額(ひたひ)ふすわれは

286 観音のみ胸(むね)あたりにたてまつれる藤のむらさきなびけと祈る

287 この真昼御堂内陣の冷(ひや)やかにほのぐらきにありて世の春を忘る

保田與重郎＝明治43年(一九一〇)4月15日～昭和56年(一九八一)10月4日。

280 木丹木母集

辰巳利文＝明治31年(一八九八)～昭和58年(一九八三)

281 一九三二年歌集

佐藤佐太郎＝明治42年(一九〇九)11月13日～昭和62年(一九八七)8月8日。

282・283 形影「五紀巡游」

284 形影「五紀巡游拾遺」

前川佐美雄＝明治36年(一九〇三)2月5日～平成2年(一九九〇)7月15日。

285～293 春の日

288 この真昼暗き御堂に誰か来て緋(ひ)の雛芥子(ひなけし)をささげ去(い)にけり

289 廻廊に雪洞(ぼんぼり)の灯(ひ)のまだひからぬ夕べをお庭に牡丹の花見る

290 その頸(くび)に藤の花巻(ま)きて子供らがゆふべまだ遊ぶここのお庭に

291 み仏のお前に対(つゐ)に活けし藤のむらさきひきずる須弥壇の上に

春の日以前　四

292 しがらみの水音(みのと)さむけき初瀬川の堤(つつみ)の道にゆふぐれにけり

293 初瀬寺の舞台(ぶたい)に立ちて牡丹植うる白衣の僧をましたには見き

初瀬と当麻

294 東京の閨秀歌人十人をいざなひて初瀬の牡丹花見に行く

295 百八間の登り廊下に汗あへて佳(よ)きひとと見る左右(さう)の牡丹花(ぼたんくわ)

296 登り廊下と子院のあひの牡丹園斜(はす)にまぶしく百花咲く照る

297 藤浪のなびく三尺ささげ持ちこの登り廊下行きし十歳(とを)ごろ

298 俊成定家父子(ふし)の碑石(ひせき)は銀杏の下若葉のなびく今日は詣(まゐ)らず

299 緋の毛氈(かも)に盌(もひ)をささげて茶喫むとき百千の牡丹咲き盛りたり

300 うぐひす張りの長廊下ゆく佳き人に白砂の庭の牡丹照り匂ふ

294〜302　捜神

301 百千の牡丹花にたんのうし帰り来るげんげ田の道雲雀聞きたり

抒情詩

302 大和なる長谷のみ寺に来て立ちぬわが少女見よ万(まん)の牡丹花(ぼたんくわ)

三輪山

303 初瀬川に穴師川そそぐ辺(へ)まで来つ幾度か三輪の山返り見て

雲雀語

304 れんげ咲く初瀬川堤行きにつつまかげして仰ぐ天に鳴くひばり

305 初瀬川の堤のしたの家暗く鯉飼ふ生簀(いけす)のみづは澄みゐる

初瀬川を渡りて

306 穴師川が初瀬川に入り音立てをり橋渡りお山ふりかへり見ぬ

307 初瀬川の橋渡りお山をうしろに雲雀鳴く野を行く我ひとり

田なかのむら

308 初瀬川の堤を行くも今日ひとり閑人(ひまじん)となり梅咲く村を見る

309 初瀬川の堤おり来て大和なる田なかの町に鰻(うなぎ)食ひにゆく

310 大和なる国なかの地(つち)を暗(くら)がりて春寒き夜にうなぎ食ひゐる

---

303 松杉

304・305 白木黒木

306〜317 天上紅葉

311 大和には食ふものなしと東京の友をいざなふ初瀬川の鰻

初瀬川の女神―村屋坐弥富都比売神社

312 いにしへの中津道（なかつみち）これと自動車（くるま）おりてしばし歩めり日の夕暮れを

313 弥富津比売（みほつひめ）祀る室屋（むろや）の森を出でて日暮れを暗き初瀬の橋わたる

314 弥富都比売は大物主（おほものぬし）の妻にして初瀬川の美（は）しき女神（めがみ）なりにし

315 この夕べ初瀬川渡り三輪の茶屋にいざなはれゆくむかしに似たり

316 夜を暗き神森のなか足音（あおと）しのび我ら詣りをれどはふりとは知らず

土屋文明

さくら咲くころ

317 桜咲く長谷川（はせがは）つつみ歩みつつをりをり仰（あふ）ぐ三輪の神山

長谷寺

318 花きりし牡丹の下に苅りしける草いきれ立ち西日となりぬ

319 廻廊の長きに時計響き居り静かに並ぶ坊のひとつより

320 きこえ居る初瀬の川の川音に町に木をうつとよみも聞こゆ

321 小泊瀬に谷をへだてて鳴く鳥のしげき鳥が音うつりつつ聞こゆ

土屋文明＝明治23年（一八九〇）9月18日〜平成2年（一九九〇）12月8日

318〜322山谷集

322　こもりくの泊瀬より見れば夕風の煙ふきたつ大和の国は明るし

長谷

323　宇陀に向ふ吉隠（よなばり）の道舗装なりて安々見ゆるに今日は行かずも

324　猪（しし）を追ふ話聞きながら　橡姫（つるばみひめ）の墓たづねしも思ひいづるなり

325　小長谷（をはつせ）の古の姿今に見よと与喜山（よきやま）は茂る禁樹（へさき）をなして

326　都介（つげ）の道は谷をめぐりてかくれたり君米を負ひ入りしこの道

327　負ひし米煮ゆる間待ちて土あらき都介の国原耕す見たりき

328　冬牡丹ややふくらめる前に来て汗をぞぬぐふ幾千石段の汗

329　人稀に静かなるみ寺あたたかに牡丹の園に茂る冬草

330　紀貫之昨日は否み歌ひしが今日その紅梅に心静けし

331　幾世つぎ残せる梅ぞ貫之をいかに思ひみくじを結び捨てたる

332　草むらの中をゆきつつわづかに読む崩るる石に中納言定家卿

333　門前町はづれとなりて埃かぶる実のあるおもとを軒下に置きて

334　朝倉の槻の紅葉のかがやきに向ひて長谷の道平らなり

335　二上（ふたがみ）をまともに走るバスを追ふ出雲（いづも）の子らの赤きセイター

323〜335 続青南集

336 初瀬さんこの町に幸福になりたりと喜びき今日尋ぬ跡形もなし

太田青丘

337 暮れ初めて廻廊長し燈を運ぶ僧形(そうぎやう)一人ゆく影法子

高久茂

長谷

338 杉群の籠り覆へる堂近く小禽(ことり)の憩ふ声移りゐる

339 山上に朝(あした)澄みつつ流らふは参籠僧の誦(よ)む普門品

340 本坊の大方丈の瓦屋根光を反す低きはるかに

長谷寺

341 清女行き西行越えし廻廊の黎明(いなのめ)冷えて灯の仄明かり

長谷寺観月会

342 爽やかに風の渡ると花すすき揺れて静かに月はのぼりぬ

343 ありがたき秋の夜ごろの虫の声ひたすらにして長谷の山里

344 小初瀬(をはつせ)の山の高みに掌を合はす今日の証(あか)しの月の光に

345 夜もすがら月の光の清浄(しょうじょう)にかがやき給ふ一山(いっさん)の上

---

336 続々青南集
太田青丘＝明治42年（一九〇九）8月28日～平成8年（一九九六）11月15日。

337 國歩のなかに
高久茂＝昭和6年（一九三一）11月26日～令和三年（二〇二一）7月28日。本名塚田晃信。

338～340 天耳「曉近き」

341 銀礫「額づく滝に」

342～345 銀礫「つまくれなゐ」

346 こもりくの初瀬のみ寺冷えまさり遠世の光放つ星々

347 永劫（やうごふ）の闇を鎮めてこの冬も斧鉞（ふゑつ）を聞かず小初瀬（をはつせ）の山

348 室町の遠き世ごろをその儘に息吹も淡し長谷の往還

349 何も足さず何も削（そ）ぎ得ぬなりゆきに門前町は寂寂（さびさび）と冬

350 参道に湯気温かく吹き上げて饅頭は冬のまなこに親し

351 風あれば風のひびきに風なくば寄するしじまに耳聡（さと）く立つ

352 晴れ渡る総本山に引金（いんきん）の音さやかにし入道の列

353 一山（いっさん）をこめて回向の経をあぐ花山院一千年の御忌（ぎよき）をば期して

354 常よりも歩みの音のすこやかに猊下（げいか）粛粛と入堂したふ

355 阿弥陀の大呪（だいしゅ）低く誦（ず）んじてみ堂より出で来たりしを風の吹き上ぐ

356 端近に控へてをりし小法（ささ）師立ち上がりざま躓（つまづ）ける見ゆ

357 大和路は秋の至らむころほひと道の辺の草はつか色かふ

358 二千十年十月十日長谷寺に両陛下迎へ咫尺（しせき）せむとは

359 本坊前に菩提院結集（ぼだいゐんけつしふ）並び立ち両陛下をば慶び迎ふ

360 しづしづとまします歩みとどめ給ひみかどは我らにもの言ひ給ふ

346～351初瀬玄冬「初瀬玄冬」

352～356朝朝の声「身の才」

357～367朝朝の声「咫尺せむとは」

361 わが前に今か立たして親しげにねぎらひ給ふ言のゆかしさ

362 わが目見（まみ）を見たまひし瞳確かにて品（しな）のととのひいたはり給ふ

363 徐（おもむろ）に歩み運ばるるお后（きさき）の年輪を加へいたましとまで

364 才（ざえ）薄き己（おのれ）なりとも歳長く勤め来ていま晴れの日に会ふ

365 宮内庁長官県警本部長ら厳（いかめ）しきかな公的みゆきに

366 夜ふけて我は思へり秋づける本山にありがたき幸（みゆき）に会ひし

367 鴻恩（こうおん）に謝せむみづから小さきを息長く生きて唯ひとりなり

368 年かさの僧らは早くいねたらむ総本山の奥のしとねに

369 はつゆきはうすく残りて石きだを踏みしめのぼる僧の仲間と

370 高みより冬の山ひだ遠見にし大和師走の朝明けの冷ゆ

371 身にとほる朝の冷気におのづから声はげまして心経唱ふ

372 せせらぎの淙々として流れゆく長谷のあしたの川音に沿ふ

373 西ノ京薬師の寺に先立てて長谷の精舎は造られましき

374 遠つ世のはつせの丘に菜摘ましみかど恋ほしも大和の夜明け

375 みんなみに遠くあふげる稜線のほのぼのとして長谷のあかつき

368～372初冬のあかり「師走長谷寺」

373～382初冬のあかり「長谷の廻廊」

376 きざはしの三百九十九を数へつつ長谷の回廊あへぎつつゆく

377 暑きあした全山にふかきひぐらしをうつつにぞ浴び経たてまつる

378 今上(きんじやう)のみかどみきさき秋の日に迎へましにき彼のよき晴れに

379 一山(いつさん)をもみぢに染めて高きより秋の気配は音なくくだる

380 合掌しあふぐ十一面観世音みおもてやさしただにひそけく

381 息白ききさらぎの長谷朝明けをつどへる僧の声ふとぶとし

382 眼底(まなそこ)にありありとして僧形(そうぎやう)の幾たり泛かぶその声もまた

383 耳底にせせらぎ遠くぬばたまの夜を深うせり初瀬の渓は

岡野弘彦

384 魂は何方(おづへ)にゆきてしずまるや泊瀬(はつせ)のやまの峡くらく見ゆ

高野公彦

東西の長谷寺

385 コロナ禍の終らば訪(と)はむ牡丹花の長谷寺　美男のおはす長谷寺

---

383 初冬のあかり「初瀬の渓」
岡野弘彦＝大正13年（一九二四）7月7日〜

384 冬の家族
高野公彦＝昭和16年（一九四一）12月10日〜

385 朝日新聞令和四年一月一日号

狂歌

1 くちてけり吐田ふるいちつゐにたゝはつせの山のおち葉なる身は　壬生忠谷

2 かくらくのはつせのてらのほとけこそきたのゝ神とあらはれにけれ　夢庵

有人初瀬にまふでてかへるとて、山立にあふて

3 うかりける人は初瀬の山だちよ剝(は)がしませとは祈らぬものを　定行

手習

4 奈良油煙(ゆえん)初瀬出(で)さまにおとしつゝ小野ずみにてや手習の君　雄長老

題知らず

5 初瀬女の若き姿はよき山の花のゑかほやうすけはひ坂　信重

長谷晩鐘

6 聞人を救はんとてや大和よりこゝに入相のはせのかね〳〵　信海

せみ

7 ゆふきりにそこともしらぬはつせ山木すゑになのるせみのこゑかな

寄山恋

---

1 金言和歌集
2 醒睡笑
3 新撰狂歌集
4 古今夷曲集
5 後撰夷曲集
6 信海狂歌拾遺
7 狂歌歌枕

8　はつせ山のぼりて恋のかなゐなば七日まつはだかでまいろぼんかゝ　黒田月洞軒

はつせ山小池の寺中より貫之の梅三枝給り歌をとありければ

9　梅はいかゝ思ふもしらす御懇意(こんい)は初瀬山々香(か)に匂(にほ)ひけり　油煙斎貞柳

10　人はいさ心も知らす初瀬寺の観音さまはたゝたのめとそ

11　かりにまてしはしか内に嵯峨御室よしのはつせも花の雪国　奈良葉々広

12　咲てこそよしの初瀬の二幅対見ことにかゝる花のしら雪　冠野等人

居士五月雨を

13　あま小船舟も山へやのほるらん初瀬の寺の五月雨のころ　平秩東作

水郷亡夏といふを

14　初瀬川すゑくむ里にふく風は夏と秋とのふたもとの杉　松風台停々

15　初瀬山朝観音の教つもる雪にまろひし手あり足あり　兀多羅駄鹿

16　恋やせて影となりぬと初瀬寺のみあかし文にかきたてゝみん　めしもり

花に

17　あふ首尾もよしの初瀬と名所をふたつならへし花ぬり枕　篗屋三駄

8大団　9家つと　10狂歌活玉集　11～20万代狂歌集

三日月をよめる

18 つりはりのかたちとみへてあま小舟初瀬の山にかゝる三日月　小田手乗安

19 案内者に道をしとへは是も又一口にいふをはつせの山　雲梯真鳥

初瀬山の桜のかたかけるに

20 老僧のおほかる山のしら雲は詩人もしらぬはせてらの花　めしもり

里梅

21 明てけさ佐保姫さまの立姿よしのはつせの恋となりけり　亀洞

22 花香よし梅盛なるはつせ河すゑ汲里ハ煮からしの茶も　魚丸

馬上見花

23 さかりなる花の春日ハのハさしとよしの初瀬をかけてきた馬　里窓

十夜

24 十夜とてこよひはこゝにこもりくのはつせハ遠し南無あミた池　貞柳

桜

25 見わたせは仏法僧の三ほうを桜につゝむ小初瀬の山　鋞輔

26 花さいて影となる木を只ひとつミあかし文や初瀬の山寺　軸成

21〜24狂歌題林集

25〜29堀川太郎百首題狂歌集

27　うこん色におきそふ露の玉かつらはつせの宿の山吹の花　早苗

28　恋ならていのるはかりそ時鳥はつ瀬の山にをちかへりなけ　藤丸

29　風の音もかねのひゝきも泊瀬山ひとつ口より告る初秋　多樹

今様

1　観音験(くわんおんしるし)を見する寺　清水(きよみず)石山(いしやま)長谷(はせ)の御山(おやま)　粉河(こがは)近江(あふみ)なる彦根(ひこね)
山(やま)　間近(まぢか)く見ゆるは六角堂(ろかくだう)

2　験仏(げんぶつ)の尊きは　東(ひんがし)の立山(たちやま)美濃(みの)なる谷汲(たにくみ)の彦根寺(ひこねでら)　志賀(しが)長谷(はせ)
石山清水(いしやまきよみず)　都に間近(まぢか)き六角堂(ろかくだう)

3　あふ瀬うれしき初瀬川　ふる川のべの過し世を　心にかけし夕
顔の　露のゆかりの玉かづら

1・2梁塵秘抄

3田能村竹田『屠赤瑣瑣録』

御詠歌

総本山　長谷寺

西国三十三観音第八番

いくたびもまゐるこころははつせでら　やまもちかひもふかきたにがは

総本山長谷寺和讃

帰命頂礼観世音　仰げば高きお初瀬の　山はさながら極楽の
牡丹の廻廊きわむれば　四(よ)丈に余る金色の　恵み豊かなおすがたは
真言豊山の御本尊　すくいのしるし験(あらた)かに　遍く照す御徳(おんとく)よ
いとも妙なる金鈴(きんれい)の　ひびきにつれて御詠歌を　声うるわしく唱えなん

総本山長谷寺縁起和讃

西国八番観世音　聖武帝の勅願寺　豊初瀬山中台の
金剛宝座に立ち給う　四丈にあまるみ影(すがた)は　開山徳道上人が
長谷の里なる霊木を　請い得て朝夕礼拝し　仏師は稽文稽首勲
地蔵観世の加護を受け　尊きみ影造顕す　げにありがたや初瀬寺
国家(くに)を護り世を救う　法灯とわに輝けり
南無大慈観世音　南無大悲観世音

総本山長谷寺第二番御詠歌

ねごろなるまつのつきかげそのままに　うつすはつせのいきよきながれに

総本山長谷寺第三番御詠歌

はなにおうはつせのやまのみひかりは　あまねくてらすひとのこころを

総本山長谷寺五重宝塔和讃

帰命頂礼初瀬寺　花に紅葉に山々の　緑に映ゆる綾いろの
五重の塔の麗しや　祖師のまもりし御舎利は　万代(よろずよ)までも鎮まりて
われらがねがい満てたもう　五重の塔の尊しや
いくさのにわに国のため　散りにし人や家々の
み魂のしるし納めては　廻向のまことつくさなん
この世そのまま密厳の　たのしきみ世とさとさるる
ほとけの教え身にしみて　平和の祈りささげなん

総本山長谷寺弘法大師御影堂和讃

尾上の鐘に誘われて　登りつめたる大悲閣　仰ぐかたえの木陰れに
匂い新たなみ堂こそ　大師千百五十年　迎えまつりし御遠忌に

捧ぐ報恩の誠心の　しるしを是処に御影堂　同行二人のみ心に
お籠り供養の御影を　み堂の奥に偲びつつ　唱えまつらん御詠歌に

ありがたや衆生のために南無大師　御影留めてこもりくの山

大日本国長谷寺観音縁起和讃

無垢清浄光　慧日破諸闇　能伏災風火　普明諸世間

帰命頂礼泊瀬山　難救能救観世音　大慈大悲の月影は　大唐までもさしも草
さしもかしこき仏菩薩　在々処々に御座して　衆生を済度し玉へと　罪過深く重ければ
摂取の御手も力なく　捨さたせ玉ふ者をさへ　助け玉ひし其例し　昔も今も有磯海の
浜の真砂の数しれず　同じ大悲の仏にて　霊験余尊に超玉ふ　いはれを密に尋れば
天満神の御親筆　縁起秘記の二巻や　験記流記など其外の　古記に具に在とかや
其大旨を聞ときに　先此山は尋常の　転変無上の地に非ず　三世常恒変りなき
一切諸仏の本初たる　大日如来の浄土なり　河の東は大泊瀬　胎蔵界の曼荼なり
西は金剛界会にて　小泊瀬山と是をいふ　王城の地に万国の　侯伯集り居る如く

十方世界の仏菩薩
諸天神仙龍鬼等
皆来集会の都会なり
大日如来万徳の

中にも大慈大悲とて
罪ある者程あはれみも
ふかき誓の観世音
金剛宝座に立玉ひ

三世常住法界の
衆生を憐み羽包て
利生の長き谷はれば
長谷寺とは名づけたり

されば大悲の形像も
伽藍もなかりし時にさへ
種々不思議有となん
神代の古き昔には

天照太神茲地にて
五人の神楽雄八乙女
神楽を舞せ照覧す
爾時山の岫の中

瑞光放つ処あり
太神これを指さして
太力雄にぞみことのり
此こそ我身本有の地

汝が有縁の砌なり
永く此地に止まりて
人の代になり聖人の
来て山を開くとき

此旨伝へ示すべし
命神勅蒙りて
すなはち鎮坐長しへに
国家を守り福ひす

類聚国史や延喜式
所所に其号を記されて
官幣特に賜りし
長谷山口の社とは

この太刀雄の社なり
神楽院の院号も
枕言葉のかぐらくも
この由とこそ伝ふなれ

泊瀬女はかの八乙女ぞ
はつせといへる舞曲の
遠き田舎に残れるは
これを学びの技ならん

五人の神楽雄八乙女に
深きいわれの有とかや
泊瀬といへる其縁は
此川上に滝の蔵

三社権現人王の
始めの御代より鎮座有
地座の神にて御坐せば
川を神川里の名を

三神と称ひ来りしに
応神天皇治天の日
三社の脇に安置せし
天人所造の毘沙門を

雷神取て上るとき
御手の宝塔落流れ
此神川の瀬に泊る
武内宿禰是を見て

天徳地栄の瑞なれば　此地行末栄へんと　旧の三神神川を　豊山泊瀬と改めて
慎み敬ひ宝塔を　北の嶺のぞ納めたる　彼雷神を祠れるを　今落神の宮といふ
宝塔泊りし瀬の石も　泊瀬石とて現に在　とまるはつせはその心　かはらぬ故にむかしより
とませともまたはつせとも　和歌にて詠るらむ　同じ始めの御時に　彼の武神の元湯彦
はつせの巖挑ひらき　岩戸を閉て神隠れ　第二の御代に上野や　秦名満行権現と
顕れ出させ玉ひける　本地は六道能化なり　人王三十三の御代　推古天皇行幸には
紫雲高嶺にたなびけり　聖徳太子に何故と　問せ玉ひば皇太子　大聖遊化の嶺なれば
此瑞ありと答へらる　天皇瑞雲の御製あり　太子敬み賡給ふ　右此二件具には
大成経に載て有　人王三十の四の代　舒明帝の御宇とかや　信濃国の更科に
白介翁といへるあり　二親の菩提を善光寺　阿弥陀如来に祈りしに　大和国の長谷寺は
諸仏集会の霊地なり　かしこに行て持念せば　汝が所願満べしと　如来の告を蒙りて
はる〳〵尋ね来て見れど　更に仏もましまさず　住人もなき山中に　光を放つ処あり
其処にて念誦怠らず　一夜の夢に生身の　十一面観世音　感見してより不可思議の
利益に預り富栄へ　五万長者と世に呼れ　彼の観音を造立し　新長谷寺と号けけり
翁の願力弥陀如来　観世薩埵の擁護にや　千年の後の今を尚　霊験あらたにおはします

天武天皇当山の　霊威を曾て聞し召　天位に登らば寺を立　仏を作り崇めんと
祈誓をこらさせ玉ひしに　程なく聖運開きまし　弘福寺道明大徳に　勅して精舎を建立し
釈迦を千躰金銅に　鋳させて安置し玉へり　大和国の釈迦堂と　世に名高くぞ呼れける
観音大士造立す　本願徳道上人は　播磨の国の生にて　母の俶子夢の中
明星天子天降り　口に飛入玉ひしと　覚ゑて孕み長月の　中の八日に誕れけり
幼とき父母に　永訣を悲みて　二親の菩提を訪ため　出家の心発起して
宿世の縁に引れつゝ　此幽谷を詢来り　道明大徳戒師とし　齢廿の花ごろも
苔の袂にかへ玉ふ　学びの窓には雪をつみ　勤の床には月をめで　年を累る明暮に
処の相を相玉へば　上求菩提の山高く　下化衆生の谷深し　四方四神相応じ
一望一天無双なり　吾此山に寺を立　広く衆生を度すべしと　詠めまはせば金色の
光り赫然処あり　日日其処にて勤行し　丹心殊にこらす時　光の本に一人の
奇異なる霊神顕れて　汝しらずや我はこれ　天照神の勅を奉　汝が来るを松の下
手力雄の命なり　古へ天照太神　天の岩戸を挑ひらき　諸神等を率ゐつれ
此霊壌に天降り　密厳本有の地を秘して　光りを和らぎ常恒に　朝廷国歌を守ります
汝前世名も高き　役の行者たりし時　此地に伽藍草創の　意願発せど果さねば

其願力に引かれつゝ
すゞしめよやと告了る
神の本地を顕はして
奇しき霊木此に在
一人の童子蓋を持
爰には住と問ければ
率ゐてここに来るなり
霊木こゝに来れりと
瑞の夢ぞとの玉ひて
名にしあふみの三尾の谷
異香遥に薫じけり
木よりも白蓮生じけり
継体帝の御代とかや
伐とり犯す者あらば
用明天皇元年に

生をかへまた来るなり
言と共に消玉ふ
衆生に福田与へんと
昨夜不思議の夢を見る
指覆ふたり木の本に
我はあふみの三尾の神
蓋を覆へる神童は
いふかと思へば夢覚て
感心随喜し玉へつゝ
最も奇しき臥木あり
一時天人天降り
今に伝へて白蓮花
雷電風雨の洪水に
忽たゝり悩むとて
当国八木の里の人

早く仏像彫刻し
聖人歓喜限りなく
語れば道明手を拍て
異形の神人数しれず
白衣の翁在しけり
此瑞木を守りつゝ
即此山守護の神
怪む折節夢合せ
聖人勇み喜びて
十丈余りの楠とかや
白き蓮花を木に散ず
彼谷の名と成にけり
此木自然と流れ出
手を触れ穢す人もなく
仏の御衣木にせまほしと

天照神の御意を
御衣木を求め天照す
善哉善哉遠からず
彼木の廻りに列れり
翁は何人何故に
片時も離れず眷属を
此神等の請により
汝が願ひ叶ふべき
里の故老に尋ぬれば
恒に光明放ちつゝ
其花此木に着てのち
人王二十六代の
大津の里に留れり
七十年をぞ経たりける
乞得て八木に挽来り

木のたゝりにて死せしより　かしこに三十余年有
沙弥法勢といひし僧　十一面尊作らんと
諸人不祥の木と思ひ　天智天皇七年に
三十九年と語りけり　聖人弥霊木と
聖人急ぎ天照す　神の御本地拝みてぞ
文武天皇十年の　長月中の五日の夜
社の前に忽然と　日輪顕れ其中に
聖人拝伏頂礼し　本地の尊影瞻礼し
御姿をも拝まんと　思ひ凝せば常ならぬ
よく我が言を思へとて　我本秘密大日尊
形を隠させ玉ひけり　聖人勇みたち帰り
単に仏神三宝の　冥助を頼み思ひねの
奇き人あり三灯は　三世の利益を示すなり
養老四年二月に　教に任せひきあげて
藤氏いよ〳〵繁昌し　乃至法界平等に

推古天皇しろしめす　二十六年寅の年
當麻の村に曳移す　これも願を遂ざれば
この初瀬まで引来り　捨置去て今年まで
本意を告て乞ければ　故老悦び与へけり
五十鈴の川上磯の宮　百日籠り満るとき
蒼天ことに雲晴て　月光更にいさぎよき
十一面尊金色の　光をはなち立給ふ
大願すでに満足す　希くば垂迹の
貴き婦人顕れて　咲を含みあきらかに
大日日輪観音の　七言六句の偈頌を説
左右すれども仏像を　彫造すべき資なし
夢に東の嶺の上　三の灯かゞやけり
瑞木彼こに曳揚て　仏を造れと告玉ふ
庵を結び香を焼き　聖朝倍安穏に
利益せんため仏像を　造立安置の我願ひ

大悲の弘誓(ぐぜい)に叶(かな)ひなば　霊木自然(おのづ)に仏形(ぎやう)と　ならせ玉へと一心に　五体を地に投(なげ)礼拝す
実(げ)に皐(さは)になく鶴の声　天に聞ゆる例(ためし)かや　同(おなじく)八年文月(ふみ)に　房前朝臣(ふささきあそん)当国の
班田(はんだ)の勅使勤(つと)められ　狩の為とて此嶺(この)に　分入(わけいり)祈る声を聞き　扉(とびら)に立寄何故(たちよりなにゆへ)に
聖朝藤氏(せうてうとうし)を祈るぞと　問(とひ)に答(こたへ)て伝へ聞(きく)　第六天に住(すむ)魔王(まわう)　我朝侵(わがてうおか)す謀略(はかりごと)
日遍照(ひのあまてら)す太神(おほみかみ)　法性宮(ほつせうぐう)にて照覧(みそなは)し　春日の神に打(うち)むかひ　汝と我と天降(あまくだ)り
君臣となり諸共(もろとも)に　彼土(かのど)の衆生を利(り)すべしと　妙契(めうけい)なしてかしこくも　二神光(ふたかみひかり)を和(やわ)らげて
塵に交(まじは)り給ひけり　彼二神(かのかみ)の種子(ため)をつぎ　天津日継(あまつひつぎ)は末絶(すえたえ)ず　両家御(ちやうけみ)心合(あは)せまし
天地(あめつち)長き安国(やすくに)と　治め玉へば仏法は　興廃両家(こうはいりやうけ)にありぬべし　両家の盛衰仏法の
否泰(ひたい)に依(よる)べき道理(ことわり)なり　されば両家と仏法と　共に繁栄するならば　永く衆生を利すべしと
本意具(ほんいつぶさ)に啓(まう)すれば　大臣感心(おほおみかんしん)ましまして　我春宮(われとうぐう)の傅(めのと)にて　君(きみ)にかしづき奉(たてまつ)る
はやく慶賀(けいが)の事あらば　帝(みかど)に奏(そう)し資助(しじよ)せんと　契(ちぎ)りて帰る程もなく　儲君位(ちよくんくらゐ)に即玉(つきたま)ひ
自身(そのみ)は嫡子(ちやくし)を擱(さしを)きて　本氏(ほんし)の長者となりぬれば　大慈大悲不可思議の　冥加(めうが)を感じ奏聞(そうもん)し
人王四十五(にんのうよそぢいつゝ)の代(よ)　聖武(しやうむ)天皇御願(ぎよぐわん)とし　神亀(じんき)六年良辰(りやうしん)を　撰(えら)みて卯(う)月八日(やうか)にぞ
道慈律師勅を奉(うけ)　御衣木(みそぎ)の加持を勤めけり　それよりわづか三日(みつか)の中(うち)　稽文會稽主勳二仏工(けぶんくわいけしゆくんぶつこう)
御丈(おんたけ)二丈六尺の　十一面観世音　伊勢にて感見(かんけん)せし如く　造り畢(をは)るぞ不思議なり

刻み始て二日めに
六臂の地蔵大菩薩
手ごとに仏を刻みけり
近づきみれば仏師なり
三の御殿に御座す
君臣の義を重んじて
されば春日と天照と
深きいはれの有とかや
須弥の四洲を照します
日出の山といへるなど
豊坂登ると敷島の
我等は天のこやねの神
高く呼はり声の下
七日を過て其屍
かれが衣服を得玉へり

吉躬の津丸といへる者
又稽主勳を能見れば
津丸おどろき聖人に
寔に春日第一の
天児屋根の御本地は
凡夫に変化御親手
両脇立に安ずるは
此等の理りきくときは
日遍照す太神も
はつせの里人昔より
道にいへるもこれならん
武雷槌の二神なり
津丸忽ち身まかりぬ
何地ともなく失にけり
手力雄の化身とは

薪こりにと山に入
不空羂索観世音
斯と告れば聖人も
武雷槌の御本地は
即 地蔵菩薩なり
天照神の御本地と
君と臣との道直に
大日本の国の名も
此砌より出るゆえ
伝へ語るもいはれあり
偖て彼の津丸立帰り
汝たやすく二神の
其の躰常に異なりて
聖人其後山口の
是より人も知にけり

見ればあやしや稽文會
これも六臂に鑿をとり
遥かに拝みたてまつり
不空羂索大士にて
春日明神かしこくも
作り玉へる仏なり
本地垂跡不二の理
此山より事をこり
大泊瀬の本の名を
実にや朝日の出るをば
家に居るとき天に声
本地を見る故召捕と
顔色生けるが如くなり
社に詣で社頭にて
本尊既に彫刻し

御堂建んと思せども　高下険難治し難し
いかがはせんと歎きつゝ　天平元年八月の
中ばの月も更る頃　まどろむ夢に一人の
金神顕れ指さして　聖人きづかふことなかれ
あの地の中に天然と　金剛宝の磐あり
彼を獅子座となすべしと　夢覚見れば天つ風
大雨車軸を流しつゝ　山崩石破音しけり
目かゞやく電の　光に窓の透間より
窃にのぞめば可畏しき　天龍八部威を振ひ
巌を摧き山を掘る　悚れ欽み寝もやらず
夜明て見れば北の岫　平地となりて中心に
縦横正等八尺の　金剛宝石顕れぬ
石の面も平にて　菩薩大士の足の跡
穴ありがたと新なり　仏の御足に比ぶるに
毫厘の違もなかりけり　聖人歓び手をうちて
輪王世に出玉ふには　瑞獣前に現るゝ
雷神天に振ふには　電光必ずかがやけり
龍の尾一寸見るときは　大小量り知ぬべし
霊瑞交奇特なり　兼てぞしるす当山の
他山に勝れて末長く　衆生を広く救はんと
三宝諸天神明の　指南に任せ奉り
観音大士の尊像を　宝盤石の上に立
房前朝臣勅をうけ　天平五年酉の年
五月廿日を吉辰と　法味を捧ゝげ音楽を
奏して開眼供養あり　諸僧百口興福寺
元興大安法隆寺　行基菩薩の導師にて
義暹大徳咒願たり　時に仏の御頭より
倏五色の雲起り　そびへて空にぞ満ぬれば
天人妙なる花ふらし　衆僧の散ずる英と
諸共巻て西方の　虚空に上り去にけり

其の夜に至り本尊の　眉間光をはなちつゝ　一夜の間山の内　皆金色に変じたり
貴賤道俗親たり　斯る不思議を拝見し　法花会場に此娑婆の　変じて浄土となりにけり
むかしを今にうつし絵の　筆にも及ばぬ有様に　信心肝にぞ銘じけり　其の上白衣金色の
童子八人徳道の　前に化現しいひけるは　我等八人昔しより　宝石守護の密迹士
一度此地に入者は　生生加護して末終に　極楽浄土に送るべし　いはんや常にすむものは
仮ひ信行緩とも　力を添てたゆみなく　勇猛精進ならしめん　道俗男女群集し
籠りて祈る者あらば　官位栄爵福智寿や　魔嬈病患憂悲苦悩　男を求め女を求め
なにはのことのよしあしに　菩薩の慈悲を頼みなば　我満足の使者となり　意に随ひ与へんと
聖人もまた願くば　我若功徳成就して　自由自在の身とならば　神通力にてとこしいに
天下国家を擁護して　四海を保すんじ持べし　若我寺に一度も　歩みを運び手を合せ
一花一葉手向ても　菩薩に結縁せん者は　仮ひ罪業重くして　三途に墜べき者にても
其の苦に代りすみやかに　十方浄土に送らんと　童子是を証明し　虚空に登り失せにけり
行基菩薩は種々の　奇瑞に信心驟て　立出帰る心なく　百日籠らせ玉へけり
かくて七十六日に　当れる申の刻ばかり　大悲の脇より儼然と　独股を持たる金色の
童子一人出来り　我は当山守護の神　八大童子の其の一人　金剛使者といへる者

聖人知れりや此(この)山は
一代(だい)の嶺高くして
大悲の利益すみ渡る
上(うえ)は地際(ぢさい)に分(わか)るれど
菩提樹下(じゅか)の金剛座
今顕(あらわ)れし宝座なり
八大龍王小龍(しょうりゅう)を
其(その)外天龍八部等(たち)
右に侍(はべ)りて大悲者の
集(あつま)り住(すめ)る処(ところ)あり
東北(うしとら)の隅仙宮(すみせんぐう)の
後(うしろ)の山の地の中に
七仏の舎利納(おさ)めたり
福田(ふくでん)なる事知(しん)ぬべし
不動は悪魔降伏(がうぶく)し

都(すべ)て三世の仏等(ほとけたち)　法輪転(ほうりんてん)ずる浄土にて　菩薩聖衆(しやうじう)の集会所(しゅゑしょ)なり
両部の諸尊晴(は)るゝ夜の　星の如くに列(つら)なれり　長谷(はせ)の谿深(たにふか)くして
月の如(ごと)くにかゞやけり　殊(こと)に此度顕(このたびあらわ)れし　金剛宝に三枝(し)あり
下金輪(こんりん)に束(つか)ねたり　一の枝(えだ)は天竺の　釈尊成道し玉へる
一の枝は布堕洛(ふだらく)の　観音大士の御座(おまし)にて　一の枝はこの山に
此(この)宝石の右脇(みぎわき)に　龍穴(りうけつ)ありて天竺の　無熱池(むねつち)さして行通(ゆきとう)り
将ゐ来(ひききた)て常恒(とこしゑ)に　近くは宝座山(ほうざやま)の内(うち)　遠くは天下を守ります
無量の眷属諸共(けんぞくもろとも)に　宝座をかこみ群立(むれたて)り　八大童子は観音の
衆生応化(おうけ)の使者となり　宝座の東西隔(とうざいへだ)つこと　三百余歩(よぶ)に仙人の
仙客日夜甚深(せんかくにちやじんじん)の　大乗経を読誦して　衆生に廻向し玉へり
隣(となり)に平(たいら)の地(ところ)あり　日本大小諸神(もろかみ)の　宝石守護の砌(みぎり)なり
高さ一十六丈の　皆(みな)水精の塔婆あり　過去の千仏現在の
未来の諸仏の舎利もまた　此(この)塔内に納むべし　これ閻浮提(ゑんぶだい)第一の
此(この)宝塔と宝石の　四方に須弥(しゅみ)の四天王　部類眷属並居(けんぞくなみゐ)たり
滝の下(もと)に立玉(たちたま)ひ　天衆(てんじう)は諸仏を供養して　嶺の上に群(むらが)れり

一山の中一寸も
一瞻一礼する者も
此事拝見せまほしと
冥衆各々現形し
十六丈の宝塔と
童子答て此はこれ
其定に入見玉ひば
拝まれ玉ふぞ有難き
童子の詞巡礼の
一々奏し上ければ
聖人拝受し命を受け
九月廿八日に
其日の奇瑞一ならず
微妙の音楽調つゝ
それより霊感無双なる

聖衆在さぬ処なく
永く悪趣を遠離して
即童子上人を
対面問答せられけり
諸仏の舎利を拝せしむ
肉眼及ぶ事ならず
山内秘密荘厳し
それより共に大悲者の
次第具に記録して
帝王叡感限りなく
上下諸人を勧進し
供養の法会天竺の
異香会場に薫馥し
花を雨らして供養せり
鎮護国家の道場と

秘密荘厳清浄土
二利を満すと告玉ふ
引連処々の霊場を
後の山に登りては
尋で聖人此山の
金胎両部の三摩地に
両部の諸尊曼荼羅の
後に至り飄然と
七つの巻に綴りなし
仏殿造立すべしとて
天平七年棟を上げ
菩提僧正導師にて
紫雲虚空にたなびきて
群集の男女見聞し
上一人を始めとし

群仙窟宅微妙の地
爾時行基願くは
巡礼せしめ玉ひしに
独股を以地を穿ち
秘密荘厳問ければ
入らせ玉ひと告により
海会の姿歴然と
童子は消失玉へけり
百日満じて朝廷に
白綾万端賜れり
同く十九亥の年の
行基菩薩咒願なり
天の乙女子天下り
奇特感ぜぬ者ぞなき
下万民に至るまで

一天帰敬し奉り　四海利益を蒙れり
霜月中旬臨幸し　御宸翰の法華経と
供養の夜深夢の中　大士光明赫奕と
濁世の猛き群類を　和らぎ諭すは女人なり
衆生を利せんと思へども　顕露に在ては成がたし
真楯に勅して宝前に　錦帳掛させ奉る
三世諸仏説法処　両部秘密まんだの地
天魔外道の悪神も　怖れ退く霊地なり
法起菩薩の応化にて　檀越聖武皇帝は
行基菩薩は文殊師利　仏殿供養天竺の
大日本の国の本　天照神の本有の地
春日明神彫刻の　大日霊の御本躰
崇め供養し奉り　末世の衆生を救はんと
霊場霊験ならびなく　利益に預り仰ぐもの
威徳を施し玉ふなれば　此寺移し此尊を

聖帝御位去て後　天平勝宝第五年
最勝王経大聖の　御宝前に奉納し
無量の聖衆引連て　法皇に告げ玉はく
我この光りを和らぎて　女身を現じ末代の
早く我が身を覆へよと　法皇驚き大納言
夫此伽藍建立は　只世常の業ならず
三災壊劫も動きなく　かけずくづれぬ仏土にて
しかのみならず草創の　本願徳道上人は
観音大士の化現なり　本尊開眼し玉へる
僧正菩提は普賢菩薩　これらの聖者集まりて
権実諸神の守ります　金剛宝座を顕現し
観在薩埵を安置して　大日本の本尊と
善巧方便尽されし　諸天昼夜に擁護して
豊秋津洲に充溢れ　唐しまでも種々の
崇め尊む其処　異国本朝数しれず

恭敬供養も宜(たまう)ぞかし　実相真如の光明は　法界海(ほつかいかい)に遍(へん)ずれば　遠近(をちこち)へだてはなけれども
我等いかなる幸(さうは)いぞ　照日(てるひ)の本(もと)に生れ来て　生身仏(しようしんぶつ)の観音に　あひ奉(たてまつ)るのみならず
心も言葉も及びなき　ことはり聞くぞかしこけれ　倩(つらつら)思へば無始已来　恒沙塵数(かうじやぢんじゅ)の仏にも
あはで過ぬる悲しさは　歎(なげ)きてかへらぬ悔(くや)み事　かゝる尊(たつと)き御仏(みほとけ)に　値遇するけふのうれしさを
いかでかあだにはつせ山　鐘(かね)の音(ね)にも驚(おどろ)かで　うき世の塵に迷ひつゝ　菩提の種子(たね)を植(うえ)ずんば
何(いつ)の劫(かう)にか又(また)かゝる　浮木(うきぎ)の亀(かめ)やうどんげの　花咲時(はなさくとき)にあふべきぞ　心(こゝろ)をひそめ一すぢに
頼む仏の御手糸(みていと)　導(みちび)き玉へと今世後世(こんせごせ)
悲躰戒雷震　慈意妙大雲　澍甘露法雨　滅除煩悩焔
南無大慈大悲十一面観世音菩薩
南無太政威徳天満大自在天神

○三十三所縁起和讃

松荷庵主泰法作

三十三所全ての詠歌があるが、今、長谷寺のみを揚げる。

八番大和の長谷寺(ちようこくじ)　神楽院(しんらくいん)とがうしける　日本(につぽん)秘密の霊地にて　十一面の道場なり

かいさん徳道上人は
当山縁起の委しきは
寛平八年ひのえたつ
往古豊山の河かみに
瀬に泊りし故を以て
徳道上人かいきにて
この義を取て寺号を
むかし近江の高島に
此木蓮華を生ずれば
此木谷より流れいで
この木を以て観音を
稽文会与稽主勲
養老六年いぬのなつ
二丈六尺大像を
一人は六臂の地蔵尊

養老二年の仲のはる
北野てんまん自在天
二月十日にかん出の
天之霊神ましく〱て
泊瀬の里と名けゝる
天平四年の建立なり
長谷寺と号すれど
三尾が崎なる谷蔭に
蓮華谷とぞ称しける
大和のくにの神河に
造らば利益多らんと
兄弟二人の仏工来て
四月八日に刻みそめ
彫刻したまふ兄弟を
天津児屋根の本地仏

閻魔大王の命をうけ
五十二歳の御ときに
日本無双の縁起なり
或とき御手の宝塔の
其のち人皇四十五世
上求菩提の山たかく
寺号を郷の名に吹て
楠の大木ありけるに
継体天皇十一ねん
流れきたりて二百年
三尾明神の告をうけ
東の峯にて速やかに
同じく十日に成就す
吉躬の津磨と云る者
一人は羂索観世音

西国巡礼の開祖なり
宇多天皇の勅をうけ
その大略を述るには
此神河にながれて来て
聖武天皇の勅をうけ
大悲利生の谷ながし
はせ寺とぞ唱へける
天人蓮華を散すにぞ
大洪水のいでしとき
諸天善神守護なせり
造立せんと思ふをり
尊像彫刻致すべしと
わづか三日の其内に
木陰遥かに窺へば
武雷槌のほんぢぶつ

観音地蔵の両大士
かくと告れば上人も
近付見れば変りなき
大雷大雨やまくづれ
いしの面に自然なる
寸分たがはず足跡へ
三本の条と成とかや
その一えだは南海の
金剛神のつげとかや
観音大士の眉間より
五色のくも〻靉靆て
守護なし給ふ霊地故
始めて鳥居を建給ふ
威厳を振ふと書給ふ
くはしく述置給へ共

八臂与六臂御手にて
諸共往て見たまふに
もとの兄弟二人にて
夜明て北の峰みれば
二つの足跡有ければ
御足の入社不思議也
その一えだは天竺の
普陀落山の浄土にて
其のち天平五年になる
光を放ちて導師なる
山内金色なりとかや
華表を建て崇べしと
其額銘の五字四句は
誠に尊とき霊地なり
神道極秘の事あれば

尊像彫刻したまへば　津磨は驚ろき上人へ
津磨が云る如きゆゑ　各〃奇異の想ひにて
寔に不思議の化人也　其とし八月十五夜に
八尺四方の宝盤石　現はれ出る耳ならず
彼の観音の尊像を　この石上へ遷すにぞ
またこの金剛宝石は　金輪際より生ぬきて
霊鷲山にて釈迦如来　説法したまふ台座石
其一条はこの泊瀬の　金剛宝石なるよしは
酉どし五月十八卯　開眼供養そのときに
行基ぼさつの頂上を　照し給ふて天華降り
またこの山は日本の　大小神祇よりつどひ
昌泰元年むまの冬　十二ぐわつの九日に
蔵王権現の語成とぞ　諸仏諸神もこの山に
此外たつとき数々を　菅丞相は御縁起に
審に述るも恐れあり　花山法皇も其はじめ

この本尊の示現にて　出家得度をとげ給ひ　巡礼修行を思たち　重ねて参詣し給へば
幾度もとぞ詠たまふ　南無大悲観世音

徳道上人　誕生地御詠歌　（兵庫県揖保郡太子町　清光寺）

揖保郡三十三観音霊場　番外

三十あまり三つのみめぐり開きてし　そのかみあふぐことぞたうとき

番外編

俳句

〔秋田県赤田長谷寺〕

羽州赤田むら(村)長谷禅寺の二丈六尺の御仏をおがみて

1 草暑し仏のかげを踏むあたり　長翠

帰るさに

2 草暑し仏のかげをふみしより　同

〔神奈川県鎌倉長谷寺〕

鎌倉紀行長谷にて

3 笄や此御(ミ)仏のその長さ　米舟

長谷観音堂

4 寮坊主もとめこかしの松もどき　米仲

長谷の観音堂

5 仏より高う登らす樹々の蔦　松欣

6 歌にせん何山彼山春の風　正岡子規

1・2あなうれし。

3・4鞁随筆。

5江の島

6子規句集

明治三十年、初秋鎌倉に宿して

7 来て見れば長谷は秋風ばかりなり　夏目漱石

8 海なるや長谷は菜の花花大根（はなだいこ）　芥川龍之介

長谷観音

9 かへり梅雨み仏に海どよみ鳴る　石橋秀野

10 秋時雨長谷の山肌松並めて　同

（昭和二十七年）三月九日　大麻唯男、亡き娘の為め長谷観音境内に観音像を建立し、その臺石に彫む句を徵されて

11 永き日のわれ等が為の観世音　高浜虚子

12 東風の空雲一筋に南へ　同

（昭和二十八年）六月八日　大野万木くひ長谷観音境内に建ちたるに招かれて

13 梅雨やむも降るも面白けふの事　同

（昭和二十五年）十二月十六日　草樹会。長谷大仏。大仏殿

14 長谷寺や師走の町のつき当り　同

7「ホトトギス」一四号
8大正7年手帳
9・10桜濃く
11句日記
13「ホトトギス」昭和29年（一九五四）6月
14七百五十句時代

鎌倉長谷翁句碑除幕式
15 人の世の梅雨をいとへと建ちし碑か　久保田万太郎
16 観音の慈顔尊し春の雨　大野伴睦
鎌倉長谷寺
17 町見下す鼻先に咲く椿かな　岩木躑躅
18 長谷の山くらく梅苑をしづめけり　水原秋櫻子
19 初詣足のおもむくまゝ長谷へ　星野立子
鎌倉、長谷に避暑。昭四・七・二四
20 水飯のごろごろあたる箸の先　同
21 鎌倉の長谷の御寺の青き踏む　佐藤喜仙
〔長野県篠ノ井長谷寺〕
22 観音に誓って花に死なんかな　宮本虎杖
23 秋雨や甚だ大いなる御寺　星野立子
24 秋時雨子等は御堂に集まれり　辰生
番外編
25 大和なる長谷寺よりも秋の雨　高浜虚子

---

15 流寓抄
16 長谷寺内碑
17 虚子撰躑躅句集
18 玄魚
19 笹目
20 立子句集
21 壁炉
23～27 高浜虚子「姨捨紀行」

26　山寺に降り込められて秋彼岸　　大橋櫻坡子

27　だん〳〵に溝に雨満ち萩が散る　　飯島晴子

〔新潟県佐渡長谷寺〕

28　うぐいすや苔滑らかに舌老いたし　　会津八一

〔岐阜県関新長谷寺〕

29　真帆片帆とまりに寺は嵐に涼みけり　　文鱗

30　藤の花は俳諧にせん花のあと　　芭蕉

連歌

秋草のこゝろ〴〵に咲(さき)みだれ(乱)

1　新長谷寺(しんはせでら)へおどり手向(たむけ)る　　一茶

霄(よひ)の月山ハむかし(昔)の山ながら

和歌

新長谷寺に詣て　　沢庵

29新山家

1一茶文虎両吟連句帖。新長谷寺は何処であるかは不明。

〔山形市長谷堂清源寺〕

1 大和路やうつせはこゝに泊瀬寺尾上の鐘のよそならぬこゑ

樹蔭山房　五月五日哀草果宅

2 まれ人をむかふるごとく長谷堂(はせだう)の蕎麦(そば)を打たせて食はしむるはや　斎藤茂吉

〔神奈川県鎌倉長谷寺〕

おなじ所（鎌倉）の長谷にやどりて

3 あまを船はつせの里にたびねして鎌倉山の月をみるかな　加藤枝直

鎌倉に一月ばかりありける頃

4 おりのぼる人声まれにさよふけて燈火すゞし長谷の古寺　大和田建樹

5 江の島も七里が濱もくれはてゝ燈火あかし長谷の海づら

長谷寺に宿りて

6 中々に今宵はうれしたどりきて身をおく寺の入相のかね

大和の初瀬に似たるをもて名づけしときゝつるがげにも面影のたがはぬ心地しけり

7 忘れては三輪の杉村いづくにぞとかへさの道やひとにとはまし

1奈良の初瀬と思われるが、「鎌倉遊覧紀」とあり、今、番外篇に入れた。

2白き山

3あづま歌

4～8大和田建樹歌集

三河の岩谷観音にまうでゝ

8　千里まで今日はかすまぬ冬の日の恵あつみの海をみる哉　金子元臣

鎌倉雑詠

9　鎌倉にある子を見むとしばしも鮨をみやげに長谷の道ゆく　並樹秋人

鎌倉

10　長谷寺の庫裏に水は燃ゆ炎天に汗を絞りてたどりつきたり

11　堂ふかく端厳微妙にをはします観音の足に灯はともりたり

12　するすると白きあかしはのぼりたり観音像は輝きにつつ

13　観音のみあしに落ちし灯のきゆるときのまなるか頭垂れをり　片山廣子

14　三とせ我かり住居せし長谷寺のみ山のかげの草の家おもふ　山田順子

15　人よ来ませ慈顔たゝえて今日もまた　長谷観音はひとりおはする

16　人の子のあまた仰げば観音も笑み含ましてあらるゝと見え

17　海もまた観音様のうるはしきたゝへて和む長谷のはるかな

9金子元臣歌集

10～13穂明

14心の花

15～19『私たちの観音さま』

18 抱きませ誘ひませせとひたぶるにすがれば安し人の子ぞわれ

19 崖下に鶯の子のおとなひてこゝ長谷寺に春近いむらし

長谷の観音　窪田空穂

20 たふとくもおはす佛よ愁(うれひ)なき我とは思(も)はず御前(みまへ)にし立てば

長谷仮寓　吉野秀雄

21 長谷寺の藁屋に残る枯すすき照りかがよひて一月の晴れ

22 こもりゐて窓にさびしむ正月の長谷往還の砂埃かな

23 長谷寺に登りきたればやはらかく海の風吹き紅梅かをる

夕時雨

24 時雨きし長谷往還に行きすがふ黄牛(あめうし)の尻も忘れ難けむ

日光選歌

25 長谷寺の松に繋がる黒牛のさむきまなこを見すぐしけねつ

東西の長谷寺　高野公彦

26 昭和なほ遠くなりつつ夕ぞらに金星やさし昭和のひかり

---

20 泉のほとり

21〜24 天上凝視

25 「日光」(昭和2年(一九二七)1月)

26 朝日新聞・令和四(二〇二二)年一月一日号

〔新潟県佐渡長谷寺〕

小倉大納言実起

27 思いきや都に近きはつせ寺山のしげみをここに見んとは

青野季吉

28 長谷の四観音はありがたや夏の夕に燭ささぐわれ

前川佐美緒

29 ぬかるみの道を来りて佐渡よなと長谷寺(はせでら)にまゐる牡丹咲きをる

30 大和なる長谷の牡丹の如くにはいきほはずけり春ふけぬれど

〔三重県多気郡近長谷寺〕

山中智恵子

31 近長谷寺(きんちやうこくじ)ちかき長谷寺(はせでら)を責めて歩みてきしか亡きひとのため

32 あはれ文書に光しづもる多気のくに丹生(にふ)近長谷寺真珠一粒

33 あなたふとこの道ゆかばみほとけに手とられあゆむ近長谷寺

34 汗あへてのぼりし道のはたてなる近長谷寺秘仏にあはず

〔不明〕

29・30天上紅葉

31神末

32青章

33・34星肆

35　濁りなきあかゐの水にやどりけりはせ山寺の秋のよの月

長谷秋月　黒田清綱

全国長谷寺和讃・御詠歌

青森県

1　苫木観音長谷堂（熊野神社・聖観音）

a　いくたびものりにあゆみをはこぶなり　あまきにがきはのちのよのため

b　幾度も仏にあゆみをはこぶ也　苫木あまきは後の世にしる

2　蓮台山恵光院長谷観音（十一面観音）

a　入相の鐘のひびきも松風も　いづれを聞くも法の御寺ぞ

b　南無帰命はせの御寺や蓮台の　山も誓も深き谷川

c　南無帰命長谷の御寺の蓮台に　佛の誓深き谷川

d　南無帰命はせの御寺やれんだいの　文字には夏も涼し谷川

e　南無帰命長谷のお寺や蓮台の　山も音も深き谷川

35滝園歌集・二編

1南津軽郡大鰐町苫木熊野平

a津軽三十三所観音霊場32番

b（津軽）御国三十三所霊場32番

2三戸郡南部町大向長谷

a奥州糠部郡三十三観音22番所

b糠部三十三所22番・奥州南部三十三所・七戸南部三十三所補陀楽札所11番

c奥州糠部郡三十三所22番・奥州南部三十三所22番

d奥州南部三十三所11番

e七戸南部三十三番補陀楽札所11番

岩手県

3　龍福山長谷寺（十一面観音）

a　今日の日もいのちのうちとしらすなる　はつせの寺のいりあひのかね

4　白翁山長谷寺（十一面観音）

a　うたがひもなしやつくりしつみきえて　はせのあかゐにうかぶみのかげ

b　うたがいもつくりし罪もきえにけり　長谷のちかいに浮ぶみのかげ

c　はっせでら救世（くせ）の誓いをあらわして　やがて後生を守りたまいや

5　宝城山観覚院長谷寺

a　五月雨のあとにいでたる玉の井は　しらつゆなるや一の宮川

6　遮那王山長谷寺（十一面観音）

a　ろくどうはむねのうちよりわかるれば　のりのをしへにへだて

3大船渡市猪川町長谷堂

a気仙沼三十三観音22番・岩手三十三観音10番

4花巻市石鳥谷町長谷堂

a・b和賀・稗賀・志和郡三十三ヵ所観音3番

c稗貫和賀二郡三十四カ所3番・陸奥国三十三観音3番

5観覚院（長谷寺）はもと釜石に在したが明治に入り廃寺となる。後、4に再興。

a陸中八十八ヵ所62番

6岩手県奥州市水沢黒石町内堀

a江刺三十三観音8番

ないぼり

7　長谷寺

a　今日の日は長谷の御山を寺林　菩薩の法も頼母しきさ哉

8　長谷山観音寺（十一面観音）

a　昔よりじげんあらたな観音堂　のちのよまでもおがまぬはなし

宮城県

9　遮那山長谷寺（十一面観音）

a　遥々とみなこしちより長谷寺の　救世（九世）の悲願を頼むなりけり

b　はるはると水越路より長谷寺の　二世の悲願を頼むなりけり

10　遮那山長谷寺（十一面観音）

a　はるばると仏の誓たずねきて　二世安楽を祈るはせ寺

b　みほとけのちかひはるばるたづねきて　にせあんらくをいのるはせ寺

c　めぐりきて罪もろともにぬぎおろす　わがおひずりのなごりを

7古く岩手県盛岡市寺林に在したものと思われるが現存しない。
a奥州三十三番補陀洛4番

8岩手県陸前高田市矢作町字寺前
a三陸三十三観音22番・気仙三十三観音7番

9宮城県登米市中田町浅水長谷山
ab奥州三十三所24番

10石巻市真野萱原
a～d牡鹿三十三所33番

しさよ

d　いままではおやとたのみしおひずりを　ぬきておさむるまののかやはら

11　長谷堂

a　長谷堂や峯より落つるしら雪は　みたらせ川にかかるしら絲

b　長谷堂や峯より落るたきなみは　みたらせ川にかかる白いと

秋田県

12　正法山長谷寺（十一面観音）

a　荒沢座の神や佛と人問はゞ誠に響く松風の音

13　補陀洛山長谷寺（十一面観音）

a　岩島や実に打浪の観世音　利益のふかき西の海面

山形県

14　長谷山長光院（長谷観音堂）（十一面観音）

a　幾たびも詣る心は長谷堂の　山もちかひも深くなりけり

b　いくたびもまいるこころははせどうの　山もちかひもふかき谷

11旧名取郡中田村前田、現仙台市太白区中田町。現在この地に長谷堂は無い。

ａｂ宮城三十三番札所1番

12由利本庄市赤田字上田表

ａ秋田三十三ヶ所観音8番

13男鹿市船川港椿。

ａ秋田六郡三十三カ所観音26番。現在の札所は星辻神社。

14山形市長谷堂

ａｂ最上三十三観音12番

川

15　長谷寺

a　あらとうとこころもはるるはせのてら　にせあんらくとねがうみほとけ

16　長谷寺

a　ながきよのむめうのねふりさめにけり　たによりつぐるかねのひびきに

17　宝積坊（はせ観音）（聖観音）

a　いつみてもかわらぬいろははせでらの　こけもひかりてなほもますなり

b　いつ見てもかわらぬ宮ははせ寺の　こけもひかりてなをもますらん

c　急げども変わらぬ色は長谷寺の　こけもひたりておもをますなり

15山形市中野
a大郷三十三カ所28番
16西村山郡河北町谷地内
a谷地三十四カ所4番・谷地三十三ヵ所5番
17南陽市宮内
a～c置賜三十三カ所観音30番

福島県

18　長谷山長谷寺（十一面観音）

a　心をもみがけばついにくもりなく　石もかがみになるは長谷寺

19　長谷子（千手観音）

a　ありがたくこゑをあけいしはせまいる　こころざしをばあはれみにけり

20　金剛山長谷寺（卯花広智寺観音）（聖観音）

a　広智寺の鐘の響きをしるべにて　まことのみちに入るぞ嬉しき

21　金剛山長谷寺（野崎観音）（聖観音）

a　尋ねいるみちは野崎の観世音　すすむる法のさきのよければ

（丸山観音）

22　竜宝寺長谷寺観音（聖観音）

a　浅からぬたのみをかけし長谷寺の　ゆきもろともに罪や消ゆらん

23　長谷寺

18二本松市油井桑原舘山

a安達三十三所観音16番

19郡山市中田町上石長谷子

a三春領百観音

20伊達市保原町

a信達三十三観音24番

21伊達市保原町下野崎。現在、この地には堂祠などは無い。

a信達三十三観音25番

22伊達市梁川町八幡字観音前。ここには堂はある。札所としての管理は21・22とも20が管理。

a信達三十三観音31番

23いわき市常磐上湯長谷町堀ノ内。現在、ここに長谷寺は無い。札所は

a　白水のみなかみすめる観世音　岩間をつたふ長谷の寺

24　愛宕山長谷寺東福院（地蔵菩薩）

a　杉並の松明祀り愛宕山　伏して拝む南無地蔵尊

25　岩松山長谷寺

a　世の人の頼む心の誠あらば　十種の果報月の前に見ん

茨城県

26　補陀落山長谷寺（十一面観音）

a　ながきよのたのみをここにながやでら　おさめてかえるしずのわらやに

b　ごくらくのをどりかたびらをひづるを　ぬぎてをさむるながやでらかな

27　明観山観音院長谷寺（十一面観音）

a　いつの世も三国の衆生すくわんと　ちかいもたかき長谷観音

28　大光山新長谷寺（十一面観音）

a　み仏の恵みあらたか新はつせ　いちょう大樹の代々にかがやく

広畑の願成寺が管理。

24いわき市平菅波字南作

a磐城三十三観音4番

a福島八十八ヵ所53番

寺に移転。

a宇多郷三十三観音23番

26坂東市長谷

ab猿島三十三観音33番

27古河市長谷

28結城郡八千代町八町。

a葛飾坂東三十四観音番外8番

b葛飾坂東三十四観音番外5番

29　太平山普門院長谷寺（十一面観音）

a　吹落る風さへむかふはせでらの　いけのはちすやさかりなるらん

b　吹落る風さへ香る長谷寺の　池のはちすやさ盛りなるらん

群馬県

30　白岩山長谷寺（十一面観音）

a　誰も皆祈る心は白岩の　初瀬の誓ひ頼もしきかな

b　皆人の祈る意（こころ）はしらいはの　朽ぬ誓の頼母しき哉

c　桜ちるはつ瀬の庭は雪ならで　みな白岩の春の夕ぐれ

31　慈眼山長谷寺（大日如来）

a　たづねきて夕日におがむ長谷寺　ここぞ願のはなのごくらく

埼玉県

32　長谷山常円寺（十一面観音）

a　馬引沢道踏み分けて往き帰る　幾世の人の身を救ふらむ

33　宝玉山渕龍寺別院（宝蔵寺）長谷観音堂（長谷観音）

29常陸太田市長谷町。廃寺

ａｂ水戸三十三観音12番。

30高崎市白岩町

ａｂ坂東三十三所観音15番

ｃ群馬郡三十三所観音31番

31太田市長手

ａ東上州新田秩父三十四所観音12番

32埼玉県日高市馬引沢

ａ高麗三十三カ所観音6番

33本庄市児玉町金屋

a　いくたびもまいる心ははつせでら　うつせし御霊（みたま）ここにおろがむ

千葉県

34　海光山長谷寺（十一面観音）

a　長谷寺へのぼりて沖をながむれば　にはまの浦にたつは白波

35　鳥数山長谷寺（十一面観音）

a　わけゆきてきたりてみればにしのやつ　長こく寺とはめいしょなるもの

b　とりす山奥わけゆけばにしのやつ　ちょうこくじとはめいしょなるもの

36　長谷山延命寺（十一面観音）

a　平尾山のぼりて見ればうどの原　出世はここに七夕の松

37　長谷寺（十一面観音）

a　草も木も仏になるとちくはうさん　いさやほたひのたねをうえのに

---

a 児玉西国三十三カ所観音8番

34―安房郡鋸南町勝山

a 安房国札三十四カ所観音6番

35―南房総市下滝田

a b 安房国札三十四カ所観音13番

36―南房総市本織

a 安房国札三十四カ所観音24番

37―勝浦市植野

a 上総国三十四カ所12番

38　長谷観音堂

a　おもひたつ心ハはせのてらとのみ　手むけにむすぶたに川のみづ

39　大悲山長谷寺（十一面観音）

a　けふの日もはや入相のかねの音　ふねかひもみつるみてらなりけり

b　誰もみな祈る心のおん願い　満たしくださるみ寺なりけり

40　長谷寺

a　ごくらくのたからのいけをおもえただ　こがねのいずみすみたたえる

41　長谷寺

a　さいほうをよそとは見まじ安しつの　寺へ参りてうける十らく

b　みな人の参りてたよるたいさんじ　来世のいんとうたのみをききつつ

c　さいほうをよそとは見まし安養の　寺へ参りてうくる十楽

38君津市糸川

a上総国三十四カ所20番

39市原市海士有木

a上総国三十四カ所32番

b新上総国三十三カ所29番

40西ノ谷＊

a房州国中並大師札所二十一ヵ所3番

41三芳村上滝田、現南房総市上滝田

abc安房國八十八ヵ所霊場27番と伝えるが現在不明。寺も長福寺或いは知恩院という伝承もあり。

42　清瀧山明王院長楽寺（薬師如来）

a　いくたびも詣る心は初瀬寺　眺めにあかぬ春のはなやま

東京都

43　東豊山新長谷寺

a　くもりなき鏡の縁とながむれば　残さず影をうつすものかな

44　長谷山加納院（阿弥陀如来）

a　前は神　後ろは仏極楽の　よろずの罪をくだくいしづち

45　補陀山長谷寺（十一面観音）

a　うららかや麻布の台の長谷寺　空吹く風も法を説く声

神奈川県

46　海光山長谷寺（十一面観音）

a　はせでらへ詣りて沖を眺むれば　由比のみぎわに立つは白波

b　一回は誰も歩を長谷寺の　誓にふける由井の浜風

c　法の月光りを分て世を照す　徳州（やまと）のはつせ鎌倉の山

42木更津市請西
a西望陀三十三ヵ所札所20番
寺号は長楽寺・本尊薬師如来だが御詠歌に「初瀬寺」とあるので取り上げた。

43豊島区高田・金乗院に合併
a　御府内八十八ヶ所霊場54番

44台東区谷中
a　御府内八十八ヶ所霊場64番

45港区西麻布
a昭和新撰江戸三十三観音22番

46鎌倉市長谷
a坂東三十三所観音4番
b・c坂東観音霊場記

47　飯上山長谷寺（十一面観音）

a　飯山寺建ちそめしよりつきせぬは　いりあいひびく松風の音

48　長谷山宝泉寺（聖観音）

a　じひふかきたからのいづみきよければ　にごるこころをおおぐはせでら

49　臨海山　長善寺（大日如来）

a　梓弓春の耕しいそくらん　矢はたのみのりまとにかけつつ

山梨県

50　菩提山長谷寺（十一面観音）

a　ここに来てその名をきけば見る人の　おこす菩提の山というなり

b　まつしげみかねはきこえてあさぎりに　かくすおしへの寺のあるとは

c　みな人ぞ菩提のたねを作りおく　後の世までも頼もしきかな

51　八田山長谷寺（十一面観音）

47厚木市飯山
a～c坂東三十三所観音6番

48横浜市鶴見区下末吉町
a準秩父三十四所観音18番

49茅ヶ崎市矢畑
a相模国準四国八十八ヵ所61番。「長善寺」ではなく「長谷寺」という伝承もあり、ここに載せた。札番も54番という伝承もある。

50南巨摩郡身延町下山
a河内三十四所6番
b甲州八十八カ所68番
c甲斐国三十三観音14番（現在、初句は「みなひとが」）

51南アルプス市榎原

a　梓弓あづさのはしの観世音　導き玉え知るも知らぬも

52　不動山長谷寺

a　ねがわくは心の駒をさしむけて　誰もほとけの道にはせでら

53　長谷山常嶽寺

a　あら金やふく原村を通り来て　仏はいづみ常嶽の寺

長野県

54　長谷寺（十一面観音）

a　今よりも参る吉田のはつせ寺　ちかひをふかくたのむわが身を

55　金峰山長谷寺（十一面観音）

a　はつせでら松のはごしのかげよりも　とおに見えゆくとうの山寺

b　父母の菩提のためにはつせでら建ててぞ祈る大慈大悲を

新潟県

56　一坪山正法寺（十一面観音）

a　静かなり初瀬のほとけうつしみに　祈るこころは天際に満つ

---

a 甲斐国三十三観音4番

52 甲府市元紺屋町。現在は華光院に併合されている。

a 甲府・府内三十四カ所31番

53 南巨摩郡身延町古長谷

a 郷地札三十三所21番

54 塩尻市吉田。廃寺となり御手洗山光明寺が継承。

a 信濃（府）三十四カ所観音8番

55 長野市篠ノ井塩崎

a 信濃（撰）三十三カ所観音18番

b 信濃三十三観音18番

56 三島郡出雲崎町市野坪＊

a 越後新四国八十八ヵ所23番

石川県

57　長谷山観音院(十一面観音)

a　有難き御法は高き観音の　ほとけの光り山も輝く

58　大悲山長谷院(十一面観音)

a　一こえもほとけの御名をとなふれば　長谷院にひびくなりけり

59　初瀬寺(十一面観音)

a　幾度も参る心は初瀬寺　霞も深き谷川の水

b　春は花秋は紅葉の初瀬寺　法の誓いに色ぞたへなる

60　長谷寺

a　山の端に月ぞさし入る長楽寺　更け行く夜半のなる鐘の音

岐阜県

61　吉田山長谷寺(十一面観音)

a　まことある道に心をはつせ寺　はるはるここに詣でつる身は

62　吉田山新長谷寺(十一面観音)

a　よろず世もよし田の山にあとたれて　きよ紀はつせのかげぞう

57金沢市東山
a北陸白寿三十三ヵ所観音16番。北陸三十三ヵ所観音では14番、初句「有難や」

58金沢市本多町(廃寺)、東山龍国寺に移動。
a金沢西国三十三所札所2番

59　鹿島郡中能登町小田中。初瀬寺は現在無い。白久志山御祖神社に有ったか。札所は勝楽寺に。
ab能登国三十三所観音10番

60輪島市門前町和田(廃寺)。歌の中にもあるように「長楽寺」とする伝承もある。
a能登三十三所観音霊場29番

61下呂市小坂町小坂町
a益田三十三所28番

62岐阜市長谷寺
a～d美濃三十三ヵ所観音33番

かべる

b　世をてらすほとけの志るしあらたかな　たえぞかがやくのりのともしび

c　ありがたや二世安楽の婦たもけふ　うちぞをさむるみののはせでら

d　セきのしんはせ寺ちちははとおもひきつ　おひつるをととめおくかなセきのこなたに

静岡県

63　根越山長谷寺（聖観音）

a　浮世こぐ船さえいまは長谷寺　湊に入りて涼風もなし

64　浦岳山長谷寺（阿弥陀如来）

a　ここにゐて心は西にはせ寺の　弥陀の誓いを寝てもさめても

65　東陽山長谷寺（十一面観音）

a　西国もあづまも同じ長谷寺（ちょうこくじ）まいるこころはのちの世のため

63熱海市網代
a伊豆八十八ヶ所霊場26番

64下田市田牛
a伊豆八十八ヶ所霊場54番

65掛川市長谷
a遠江三十三所観音3番。二句目「ひがし」と詠む伝えも。

66　長谷寺（如意輪観音）

a　来て見れば心もすみてありがたや　入江にうかぶ月のひかりに

67　千本山長谷寺（十一面観音）

a　松原や岸うつ波の音聞ば　御法の声と聞ゆ浜風

b　まいるより恵みも深き初瀬寺　千本の松にひびく浜風

c　のちの世をいとへばなにを千本の　松吹く風のみほりなるらん

d　波の音松の響きも法の声　日限りて願う身こそ安けれ

68　益津山長谷寺（如意輪観音）

a　長谷寺や若王も日々に益津山　紫雲に見ゆる藤枝の花

69　初瀬山長谷寺（十一面観音）

a　極樂へみちびきたまへこころばせ　げにや衆生の父母の寺

b　とくのりのえにし引かれていくたびか　まいる心は初瀬寺かな

70　初瀬山長谷寺（十一面観音）

a　ころぼとはごぜのつとめもせざりけり　阿吽の虹の有るにまかせて

66敷地郡和知村とあるり、現浜松市西区に当たるが、ここに長谷寺は無い。

a川西三十三カ所10番

67沼津市千本緑町（山号に稲久山もある）

a御厨観音横道三十三カ所32番

b駿河横道札所13番

c駿河三十三観音31番

d駿河一国百地蔵霊場95番

68藤枝市若王子。今、廃寺、藤枝龍池山洞雲寺に合併。

a駿河三十三観音5番

69島田市大草。今廃寺、祥雲山慶寿寺併合。長谷寺の本尊は十一面観音、系寿寺は聖観音。

a駿河国三十三ヵ所18番

b駿河横道札所32番

70静岡市葵区安東（廃寺）（現在、初瀬町・長谷通りあり）

a駿遠二十一大師16番

愛知県

71　武運山長谷寺（十一面観音）

a　このさとにちなみもあつきはせでらの　おなじみぞぎのみかげたふとき

b　後世までも功績たたえてちょうこくじ　摩利支尊天まつる牛くぼ

72　長谷山長全寺（十一面観音）

a　ふしおがみいなぎのさとときくからに　のちのたびぢのかどでとたのまん

b　いくたびも稲木にあらで運ぶかし　げにや誓いの深きみ佛

73　堀江山長谷院（十一面観音）

a　かさゝきの露の落葉をたつぬるに　堀江のふてはいかゝ住べし

b　誓ひとてほりへの山路の朶の景にて　かれ木のも大須□（枚カ）西途仏

71豊川市牛久保。現在は浄土宗で本尊は阿弥陀如来。古くは真言宗であった。

a三河国准坂東三十三カ所18番

b三河坂東二十一観音18番

72新城市稲木

a三河坂東三十三観音24番奥三河七観音1番。

b新城観音霊場8番

73清須市桃栄

ab尾張西国三十三観音2番

74　長谷山観音堂

a　まつかぜにひとむらくもはふきはれて　つきすみわたるはせのかはみづ

三重県

75　丹生山近長谷寺（十一面観音）

a　大和なる初瀬の寺もこれもまた　同じ法の道をこそゆけ

76　近田山長谷寺（十一面観音）

a　幾度も参る思ひは初瀬寺　心も清き谷川の水

b　わけ登る人を初瀬の鏡石　くもらでてらせ極樂の道

77　長谷山大義院（薬師如来）

a　長谷（ながたに）のみ山が奥の大義院　瑠璃の光はあきらかにして

滋賀県

78　白蓮山長谷寺（十一面観音）

a　後の世は白き蓮にのりをへん　今はせ寺を仰ぐしるしに

b　名にふれし音羽の峯の長谷寺　初瀬の寺へをくふくきとぞ

74瀬戸市八王子。法人登記はされていて堂はあるが管理者などは不明。
a尾張城東西国三十三観音30番

75多気郡多気町長谷
a伊勢西国三十三観音11番

76津市片田長谷町
a伊勢西国三十三観音15
b芸濃三十三所29番

77熊野市飛鳥町大又
a熊野西国三十三観音8番

78高島市音羽
a近江西国三十三カ所観音7番
b高島三十三ヵ所観音33番

京都府

79　真如堂新長谷寺

ａ　参るより新長谷寺の観音の　大慈大悲の徳をこうむる

ｂ　いくたびもまいるこころはせいでら　やまもちかいもふかきたにかわ

80　長谷山瑞林寺（聖観音）

ａ　踏みわけてなが谷山のながき世に　道のしるべとたのむみほとけ

81　神栄山長谷寺（十一面観音）

ａ　いたずらに千代経るよりも呉竹の　世に抜け出でん一節もあれ

ｂ　面白やさかひの浦にきてみれば　なみもみちくるしほあなの寺

82　薬王山長谷寺（千手観音）

ａ　御仏の千々の御手もてかぞふれば　長谷寺の法はたへせじ

79京都市左京区浄土寺真如町
ａｂ洛陽三十三カ所5番。ｂはホームページによる。

80福知山市夜久野町板生
ａ天田郡内三十三観音29番

81堺市堺区宿院町東
ａｂ和泉三十三ヶ所観音10番。この札所、古くは西区家原寺町塩穴寺にあった。ｂはその際のもの。

82豊能郡能勢町長谷。いまこの地に長谷寺は無い。もと妙円寺の上にあった。今は歴代住職の墓があるのみ。
ａ摂州能勢郡西郷枳祢庄三十三カ所観音17番

兵庫県

83　長谷山妙泉寺

a　谷こへてさかをくだれば妙泉寺　たゑなるしみずまへにながる
る

84　林泉山長谷寺（聖観音）

a　よをすくうあまねきかどのふじさかへ　ねがいもかなうこころ
はせでら

85　新豊山東福寺

a　受けがたき人と生まれてくる身こそ　ありがたきよぞ東福寺か
な

86　長谷山流泉寺（十一面観音）

a　世を救う流れも清き長谷の川　慈悲の泉はつきることなし

87　寫清山新長谷寺（十一面観音）

a　谷川の流れて早きはせ川の　手向くる花のよるにまかせて

88　長谷山宝積寺（十一面観音）

83兵庫県高砂市北浜町牛谷
a印南郡三十三観音11番

84篠山市藤坂
a多紀郡新西国三十三観音客番

85三木市久留美。廃寺。この地に十一面観音堂があるが其処か。
a美嚢郡西国三十三観音10番

86丹波市春日町国領
a氷上三十三観音8番

87神戸市西区櫨谷町友清。嘗て「長谷山」の山号を使用した時もあった。
a明石三十三所観音19番

88たつの市揖保川町大門

a　價なきたからを積みてこもりくの　はせ山出る法の月かけ
b　み仏のみつの宝をつみかさね　長谷山寺に響く鐘の音

89　海音山長谷寺（十一面観音）
a　おなじなもやまとにありぬはせいでら　ほとけのちかいここもかわらじ

90　来迎山長谷寺（聖観音）
a　長谷寺通夜の詠歌の声たえて　あしたの海を渡る鐘の音

奈良県

91　妙音山長谷本寺（十一面観音）
a　初瀬川末かけていてこす水の　結ぶ高田のみのりたずねん
b　くわんおんの其の名もよそに高田てら　ちかいもじひもわけてながめん

92　長谷寺（十一面観音）
a　いまをふね同じみ法もみのかすの　深き誓いるをここに長谷寺
b　はつせとはおなじなにわのちょうこくじ　うみよりふかきちか

---

a 揖保郡三十三観音21番
b 揖保郡三十三観音18番（文化年間発願）
89 美方郡香美町香住区無南垣
a 但馬大師八十八カ所54番
90 南あわじ市灘油谷
a 淡路四国八十八所10番
91 大和高田市南本町
a 大和国三十三カ所観音6番
b 南部大和国西国三十三観音28番
92 天理市海知町（現在は無住）
a 大和国三十三カ所観音23番
b 大和西国三十三カ所1番

いをぞする

93　長谷寺

a　こはつせや山らねどもこの寺の　広き誓いや尚もかわらじ

和歌山県

94　新豊山祐川寺

a　南無地蔵みちびきためえと祈りつつ　新豊山にまいるうれしき

鳥取県

95　打吹山長谷寺

a　爾時無盡ちかいもふかき長谷寺の　あかの清水に久米の倉吉

b　ふだらくやふもんの法の長谷寺（ちょうこくじ）打吹山にひびくまつかぜ

c　よろづよのちかひもふかきはせでらの　あかの清水とくめの倉吉

96　長谷観音（大慈寺）

a　日にそひて利しやうあらたになが谷の　山のあらしもみのりなるらむ

93不明。〝びんご〟とあるが前後の歌の場所から、桜井市巻野尾内辺り或いは宇陀郡御杖村桃俣備後と思われるがどちらにも現存しない。

a大和西国三十三カ所20番

94田辺市本宮町請川
a東海近畿地蔵霊場26番

95倉吉市仲之町
a中国三十三観音30番
b久米郡三十三所観音1番
c伯耆札1番

96倉吉市長谷大慈寺本堂を長谷観音という。
a久米郡三十三所観音16番

b　いつまでも世は長谷のこの寺に　はこぶあゆみはたのもしきかな

97　福寿山長谷寺（十一面観音）

a　幸福（さいわい）のあつまる山ときくからに　末たのもしき法の道かな

b　あなたふと大和の長谷をうつしきて　爰も誓ひのふかき谷川

c　長谷寺の帳（とばり）の錦とはかりに　たきくれないの峯の若葉は

島根県

98　柳滝山長谷寺（十一面観音）

a　神代より今に絶えせぬ瀧つ瀬は　普門の経の御法なるらん

99　興福山長谷寺（十一面観音）

a　長谷寺（はつせ）御代（みよ）までうつせ誰も皆　参る心は尊とかるらん

100　長谷寺

a　にごりおも抜井の水にすすぎてぞ　仏の道に尋入ぬる

b　罪科も猶いつまでかおもひいづる　ぬき捨ててこそ本の古里

---

b伯耆札3番

97鳥取市長谷

a因幡国三十三ヵ所1番

b因幡三十三所24番

c因幡三十三所234番

98出雲市大社町杵築北

a出雲三十三ヵ所観音1番

99雲南市加茂町三代

a出雲三十三ヵ所観音8番

100隠岐郡西ノ島抜井

ab隠岐島前三十三観音33番

101　長谷山宝福寺

a　しみじみとねがふこころはほうふくじ　ちかひもさともふかき山かな

102　長谷観音

a　とことはにきよきながれのはやせ川　かねのをとし津せぜのゆふなみ

岡山県

103　長谷山華光院法泉寺（聖観音）

a　長谷（ながたに）の法の泉の深ければ　そこまで澄める　秋の夜の月

広島県

104　長谷堂

a　はせ登り瀧をながめて御仏の　御名を唱ふる身こそ涼しき

山口県

105　仙窟山長谷寺（十一面観音）

a　今世後世一所に頼む観世音　身すがらとても二つあらねば

101江津市桜江町長谷

a福屋三十三観音15番

102不明

a福屋三十三観音14番

103井原市西江原町

a瀬戸内三十三ヵ観音16番

104庄原市比和町三河内＊

a三河内村七観音1番

105岩国市三和町長谷＊

a山代庄内三十三観音23番

106　寺峠観音堂（千手観音）

a　蓬莱の山とぞ思うこの寺は　宝の光りたのもしきかな

徳島県

107　豊山神楽院長谷寺（十一面観音）

a　いく千代も恵み変わらぬとよやまに　光り輝く法の朝日は

108　龍光山長谷寺（千手観音）

a　ただたのめ照らすこの世を長谷寺　大寺大悲の誓いたのもし

愛媛県

109　長谷寺

a　よろずよに仏の誓い限りなし　法の流れも長き谷川

110　寂光庵（弘法大師）

a　寂光の浄土はいずくなるらんと　深くわけ入る長谷の郷

111　豊岡山新長谷寺（十一面観音）

a　初瀬よりここによるべの浜波に　深き縁のあらわれにけり

106岩国市三和町長谷＊
a山代庄内三十三観音24番
107鳴門市撫養町木津
a阿波西国三十三所14番
108渋野町宮前
a新四国八十八所曼荼羅82番
109西予市野村松渓
a野村三十三観音32番
110新居浜市田の上。この地は近世長谷村であった。
a野村三十三観音28番
111四国中央市寒川町
a新四国八十八所曼荼羅27番

福岡県

112　施無畏山長谷寺（十一面観音）

a　唯ならぬ御手の光のあらわれて　夜さへとこは昼にまがえる

b　長き夜のねむりをさます長谷寺　松のひびきも耳にふれつつ

113　亀甲山宝地院長谷寺（十一面観音）

a　長き谷さとをはるばる登り来て　ときし御法はまた亀甲山

114　今長谷寺（十一面観音）

a　宇美の宮檜原杉原わけゆけば　早見にかかる木々の花香ぞ

115　長谷寺

a　今生は夢まぼろしのその中に　後生をたのめ老いも若きも

熊本県

116　普門山長谷寺（十一面観音）

a　あしびきのはつせの寺に参る身は　朝日に消ゆる罪の霜つゆ

117　長谷寺

a　山ふかみ長谷寺の春はまた　なはも清水も浄土なるらん

112福津市手光

a筑前国三十三ヵ所17番

b宗像郡中西国三十三観音8番

113鞍手郡鞍手町長谷

a鞍手郡中三十三観音1番

114糟屋郡宇美町宇宇美中央

a糟屋郡中三十三観音14番

115不明。＊

a郡中（嘉、飯、山）三十三所31番

116熊本市西区春日

a肥後三十三観音17番

117山鹿市菊鹿町長。今、この地には寺は無い。

a山鹿郡三十三観音31番

大分県

118　大久山長谷寺（十一面観音）

a　長谷川の流れ絶えぬきしなみの　秋の夜ながく澄める月かな

b　後の世を頼む泊瀬の観世音　高き賤しき隔てあるまじ

119　孝子山長谷寺

a　初瀬寺映してここに水の月　これや仏の姿たるらん

120　長谷(馳)寺

a　ふだらくやまいる心ははつせ寺　やまもちかいもふかき谷川

118中津市三光西幕秣
a九州西国三十三観音2番
b豊前国三十三番10番
119佐伯市長谷？竹田市門田泊瀬？
a岡藩三十三ヵ所観音11番
120豊後高田市堅来
a真玉・香々地西国三十三所観音26番

注記

4及び5　5の長谷寺は元、釜石にあったが、明治期廃寺となる。その後、4に併合するような形で再興されたようである。4の山号は古くは〝白翁山〟だが現在は5の山号である〝宝城山〟を名のる。

40　〝西ノ谷〟とのみあり何処であるかは不明。今この房州国中並大師札所二十一ヵ所は昭和初期に開設されたというが現在は行われていない。御詠歌は安房国八十八ヵ所27番を使用。

56　一坪山正法寺という名称だが御詠歌に〝初瀬〟とあるところから採った。

67　dの地蔵霊場では山号が〝稲久山〟となっている。

97　鳥取市長谷藤森神社裏手、おおよそに百メートル程奥に堂があり其処が福寿山長谷寺と思われる。またこれよりおおよそ二百メートル程北の所に観音堂があが、これが福寿山長谷寺のものか否かは不明。またａの因幡国三十三ヵ所霊場には福寿山常国寺とあり脇に長谷寺とある。ｂｃは福寺山長谷寺。

102 〝ながたにくわんのん桜江町長谷〟とあるのみで所在不明。

104 〝長谷堂福田〟とあるのみ。現在、三河内には毛無山(福田頭)があるが、観音堂は見当たらない。

105・106 この地名は現在、〝ながたに〟と呼んでいるが、この地に大和長谷寺を勧請したことによるという。ここのトウ迫に長谷寺があった。これが23番札所。また寺峠にあった宝光院跡の観音堂24番札所。

115 霊場に(嘉、飯、山)とある所から、嘉麻市嘉穂才田に長谷山があり麓に長谷寺がある。この所と思われるが、この寺の由来は不明。今一つ、嘉麻市平山に長谷山の地あり。この地は古く大和長谷の観音を安置したところという。今、こちらは地名としてのこるのみ。どちらかは比定できない。

116 この長谷寺は現在、清水寺と長谷寺の二つを名のる。清水寺が廃寺となり、そこに長谷寺が移転して来たという。

あとがき

『初瀬和歌集』刊行後、中世後期から江戸期にかけての和歌が手薄であること、近代の和歌をほとんど入れなかったことが心残りであった。当初、俳句を蒐集することは念頭に無かったが、和歌の補遺を蒐集する中で、俳句・連歌も、との思いにいたったが、御詠歌も和歌の一種だが、総本山長谷寺の御詠歌だけでは数首にすぎないので、ならば全国の長谷寺の御詠歌を蒐集してみようと思いいたった。

俳句・和歌にとどまらず、いろいろと手を広げすぎたため、時間がかかってしまった。多くの時間を費やしながら、もとより完璧は有り得ないが、雑駁なものになってしまった。

近代にあっては同人等による短歌雑誌、句誌など全国各地で刊行されている。それらを精査することはしておらず、各種全集、単行本なども目についたものを当たっただけである。

また、近代作品にあっては著作権の問題もあり残念ながら掲載できなかった作品もあるが、転載をご許可いただいた方々に御礼申し上げたい。

なお、総本山長谷寺では季刊誌『長谷寺』誌が刊行されており、長谷寺にて行われた句会での句が、また真言宗豊山派の季刊誌『光明』にもやはり多くの短歌が掲載されているが、それらはここには取り上げなかった。弘法大師ご生誕一二五〇年という一つの区切りとして刊行することにした。

令和五年四月

編　者

索　　引

凡　例

◆俳句・連歌・和歌・狂歌の通し番号の索引である。
◆配列は五十音順である。ただし歴史的かなづかいの句・和歌であっても、検索の便を考慮して現代かなづかいに則って配列した。但し、表記はもとのままである。例えば「むめ」「けふ」などは、表記はそのままだが、「うめ」「きょう」として配列した。
◆「初瀬」「泊瀬」は「はせ」「はつせ」のどちらにも読めるが、検索の便を考慮して原則として「はつせ」の項にとった
◆おどり字（「ゝ」「々」など）は同一文字に改めた。
◆接頭語の「を」は「お」として配列した。ただし助詞「を」はそのままである。
◆俳句季語索引は四季毎に、概ね時候・天文・地理・人事・動物・植物・行事の順に配列した。
◆連歌は前句・付句をとるのではなく、「はつせ」の後を含む句の前後の句を合せて採録した。ただし、索引としては「はつせ」の語を含む句のみを採った。
◆番外編には大和長谷寺のほかの長谷寺の俳句・和歌を、また全国の長谷寺あるいは“長谷”の山号を持つ寺院の御詠歌を載せたが、これも目についたもののみである。
◆人名索引には官職のみの者、及び狂歌・今様の人名は採録していない。
◆索引のゴチック数字は番外編の、そして人名索引の番号末尾の記号は以下の通りである。

　無印……俳句　a……番外編俳句　b……連歌
　c……和歌　d……番外編和歌　e……番外編連歌

俳　　句

季　語

春

連　　歌

和　歌

狂　歌

作　者

編者略歴
一九四三年　東京都に生まれる
一九六六年　大正大学文学部文学科卒業
一九七二年　大正大学大学院文学研究科博士課程単位取得
一九九八年　大正大学文学部日本語・日本文学科教授
現　在　大正大学名誉教授
□　□

〔主要編著〕
『安居院唱導集　上巻』（共編、角川書店、一九七二年）
『説話文学史―説話文学小事典』（共著、明治書院、一九八七年）
『貞慶講式集』（共編、山喜房佛書林、二〇〇〇年）
『初瀬和歌集』（青史出版、二〇一四年）

初瀬句集（はつせくしゅう）付 連歌・和歌・御詠歌

令和五年（二〇二三）七月二八日　第一刷発行

編　者　清水宥聖（しみずゆうしょう）
発行者　渡辺　清
発行所　青史出版株式会社
郵便番号三五六―〇〇四四
埼玉県ふじみ野市西鶴ヶ岡一―十一　E一〇二
電　話　〇四九―二六五―四八六二
FAX　〇四九―二六五―四八六七

印刷所　株式会社三陽社
製本所　協栄製本株式会社

ISBN978-4-921145-74-3 C1092

伝統文化と日本の美術

宮島新一著

Ａ５判・五一二頁／六、六〇〇円（税込）

日本美術史は文化と伝統の交点に位置するという考えのもとに現在の伝統文化教育への提言を行う。また、天皇と神道、日本人の文化的伝統等を考察。さらに、神道と絵画、神社建築、明治維新期の廃仏毀釈の実態、など、現代につながる問題点を探る。これまでなされなかった日本美術史通史の足どりを明らかにする意欲作。

内山純子著

古代東国の仏教

―法相宗徳一の教化を中心に―

四六判・一七二頁／四、一八〇円（税込）

真言宗の空海から密教弘通の援助を求められ、天台宗の最澄とは『法華経』の解釈を中心に激しい論争を交わした法相宗の徳一（とくいつ）。光明皇后の信任を得て官位を極めながらも非業の死を遂げた藤原仲麻呂の末子に生まれた徳一は、戒律を保ちつつ本格的な仏教を東国に広めることにより蝦夷討伐や自然災害で疲弊した人びとの心と生活を救おうと努めた。本書は、茨城・福島地域の足跡を丹念にたどり、謎に包まれた徳一の教化の実態を明らかにする。

青史出版

清水宥聖編

初瀬和歌集

A5判・三四〇頁／三、三〇〇円（税込）

奈良県桜井市所在の長谷寺は、古来長谷観音として庶民の信仰を集め、多くの和歌が詠まれた。本書は、『古事記』『日本書紀』『万葉集』から現代までに至る、初瀬（長谷）と大和長谷寺に関わる和歌一八〇〇余首を収載する。また、初瀬・長谷寺の語が詠み込まれた和歌だけでなく、初瀬で詠んだもの、初瀬への往還で詠んだ和歌も収載した。巻末に和歌初句索引及び作者略伝・出典略解説を付す。長谷寺及び初瀬に関わる和歌の集大成。

青史出版